L'ADMIROIR

Anne a compris dès son enfance que les sourires étaient plus payants que les cris et que plaire signifiait gagner. Belle, douée d'une bonne nature, elle s'est aisément construit une vie légère, partagée entre un métier qu'elle aime (modéliste dans une maison de couture) et Pierre, qui ramène fidèlement tous les soirs chez elle « sa quarantaine séduisante », tendre et pudique. Depuis trois ans déjà, Anne a fermement maintenu entre eux une relation qui pourrait se résumer ainsi : la place au lit, oui ; dans la garde-robe, non. Pierre s'en accommode, tout est clair.

Pourtant, une ombre s'est insinuée dans la vie d'Anne : Claude, sa sœur, qui n'a pas vingt ans. Tout enfant, elle a fait d'Anne sa raison de vivre et vient s'installer dans la maison. On essaie, au début, de lui construire une vie personnelle.

Rien à faire. Elle se terre obstinément dans son coin avec ses peurs et ses rêves. Elle ne tient pas plus de place qu'un animal domestique et, peu à peu, une sorte d'équilibre s'instaure : Anne vit, Claude la regarde vivre. Mais pour combien de temps ? Que peut-on faire pour un être qui n'arrive pas à vivre ? Claude va-t-elle au moins révéler à Anne, à Pierre, leur lâcheté, leur manque de générosité ? Un jour, elle disparaît. Privée de son regard, Anne se désagrège. Jusqu'à devenir, après le suicide de cette sœur, une nouvelle femme capable de souffrir et, peut-être, d'aimer.

Anny Duperey est comédienne de théâtre et de cinéma. Elle est également l'auteur de deux romans aux éditions du Seuil.

Le Nez de Mazarin
roman
Seuil, 1986
et « Points », n° P 86

Le Voile noir
Seuil, 1992
et « Points », n° P 146

Je vous écris
Seuil, 1993
et « Points », n° P 147

Lucien Legras, photographe inconnu
présentation de Patricia Legras
et Anny Duperey
Seuil, 1993

Les Chats de hasard
Seuil, 1999
et « Points », n° P 853

Allons voir plus loin, veux-tu?
Seuil, 2002
et « Points », n° P 1136

Anny Duperey

L'ADMIROIR

ROMAN

Éditions du Seuil

TEXTE INTÉGRAL

ISBN 2-02-029156-8
(ISBN 2-02-009042-2, 1re édition poche;
2-02-004425-0, 1re publication)

© Éditions du Seuil, 1976

A ma tante.

1

1

ANNE

Cinq heures… Tiens ? Je suis partie tôt, aujourd'hui.

Anne rentrait chez elle de sa belle marche décidée. Le talon ne trichait pas avec le trottoir, elle était dans la rue chez elle. Une femme des villes.

Grande, de l'allure, le visage énergique, elle n'avait pas encore trente ans et n'y pensait d'ailleurs pas trop. Belle, oui. De la gueule, surtout.

On la regardait beaucoup mais on abordait peu. Elle manquait de ce léger flottement dans l'allure, ou dans l'œil, qui laisse le quart de seconde d'hésitation, de possibilité… Elle passait. Et cette femme qui passe n'est pas une femme disponible.

Ce n'est pas qu'elle soit particulièrement attachée quelque part – pas de cette douce langueur dans l'œil, non – mais elle était tout entière en possession d'elle-même, avec elle-même, et marchait si décidément sur ses pieds qu'il aurait fallu beaucoup de courage à un séducteur de trottoir pour venir rompre son rythme.

Elle rentrait souvent à pied chez elle, vers l'Opéra, et changeait rarement d'itinéraire.

Un grand imperméable ceinturé lui battait les mollets – flap, flop – à la cadence de ses pas.

C'est vrai que c'est agréable, ces jupes larges, ça balance un peu…

11

Elle avait une taille très souple. Un de ses amants lui avait dit un jour qu'elle ressemblait à un « roseau musclé ». Après s'être assurée d'un bref coup d'œil que le poète ne se foutait pas de sa gueule, elle avait ri, enchantée, à tout hasard…

La tête est droite, haute. Comment peut-on marcher avec la tête si droite ! C'était peut-être ça qui la distinguait des gens qui la croisaient dans la rue.

Mais que fait tout ce monde dehors ? Personne ne travaille donc à Paris !…

Elle avait toujours eu la tête trop droite. On avait bien essayé de la lui faire baisser à l'école, mais qu'est-ce qui était le plus droit ? L'œil, ou la tête ? Elle se souvenait de quelques haines de professeurs. Haines vivifiantes. Elle en riait encore, parfois, en relevant plus haut la tête. En revanche, les sympathies subites, complices, ne lui avaient pas apporté grand-chose.

Elle regardait les vitrines en passant – toujours les mêmes – les couleurs, les formes qui meublaient sa vie. Elle respirait large, la bouche rarement ouverte, les lèvres bien posées sur les dents.

Un couple terne et sérieux lui fit face, à petit train de bateau de pêche. Elle évita le coude du monsieur gris d'un coup de hanche bien chaloupé.

Tiens, il va falloir que je leur écrive bientôt…

Ses parents – un couple comme celui-là, qu'elle avait lâché bien des années auparavant dans la maison de Bretagne, presque sans s'en apercevoir. Elle maudissait cette manie de rarement avoir le téléphone, en province, elle qui détestait écrire ! Cela leur valait une lettre tous les trois ou quatre mois.

D'ailleurs, rien ne bouge, là-bas…

Elle avait enregistré ses parents une fois pour toutes vers l'âge de douze ans, et rien dans les lettres de sa mère ne lui indiquait que la moindre chose avait changé, ni le rythme de la maison, ni les cheveux, ni le ventre de son père, ni leurs yeux pareils à ceux du couple qu'elle venait de croiser.

Elle était arrivée à Paris sans grande émotion, simplement avec une espèce de « haa ! » intérieur, et elle avait eu l'impression de respirer beaucoup plus large, et plus loin – contente.

Elle était arrivée chez elle. Une femme des villes. Elle était née comme ça : pour plaire, donc gagner.

Sa mère lui avait souvent dit que lorsqu'elle était venue au monde, elle avait ri presque tout de suite. Elle était restée les yeux ronds devant ce bout de chose rose qui hoquetait doucement. Son père avec les mêmes yeux ronds, assis, son chapeau entre les jambes. Sa mère le lui avait raconté. Et elle-même l'avait beaucoup raconté depuis…

Avait-elle déjà les cheveux gris, à ce moment-là ? Non, sûrement pas.

Une bonne nature. « Celle-là, au moins, elle part dans la vie avec une bonne nature. » Et la petite Anne souriait.

Elle s'était vite aperçue que plaire rapportait beaucoup, et qu'un sourire payait plus que des cris et des bouderies. Elle a souri, donc, à tous, et tout le temps. Elle n'avait pas besoin d'aller vers les gens, c'est eux qui venaient à elle, simplement, et lui offraient ce dont elle avait envie – un bonbon, au début…

Plus tard, elle a tout naturellement transposé en version femme ses atouts de petite fille gagnante. Elle découvrit le maquillage avec ravissement. Elle eut alors son premier vrai « haaa » intérieur.

Dans son entourage familial, il y eut des réflexions navrées à la vue de toutes ces couleurs qui s'épanouissaient en arc-en-ciel autour de ses yeux, qui creusaient ses joues. « Une fille si jeune… Avec la peau que tu as… Avec le bon air qu'on a ici… Qu'est-ce que tu te colleras sur la figure quand tu auras quarante ans… »

« Je travaille ! », répondait-elle.

Elle avait raison. Le chemin se faisait tout seul et la mena tout naturellement aux Beaux-Arts.

Et d'ailleurs, pourquoi aurait-on jeté cette énorme

trousse de maquillage à la poubelle ? Pourquoi lui faire de la peine ? Anne avait si bon caractère… Un sourire plein de dents trop blanches, un barbouillis de rouge à lèvres sur le nez de son père – de ces deux rouges mélangés qui donnaient un reflet qu'on n'aurait pas soupçonné en les voyant séparément – et… et on l'écoutait.

Les pauvres. Ils avaient abdiqué quelque part depuis longtemps, depuis ce rire dans le berceau, peut-être, et ils regardaient pousser cette espèce d'arbre velouté dans lequel ils ne reconnaissaient rien d'eux. Ils l'avaient regardée partir avec les mêmes yeux étonnés et résignés.

Quelle sorte de vide avait-elle laissé ? Elle n'y avait jamais pensé. Si ! Une fois. Juste une fois… Elle s'était demandé si son départ n'avait pas été là-bas un soulagement – pas exactement un soulagement. Comme si la vie de là-bas était faite d'une poussière qu'il ne fallait pas trop remuer : elle avait dû retomber après son passage trop bruyant, trop coloré, se reposer sur les meubles, la pendule, se reposer dans l'ordre et le rythme de là-bas où elle détonnait avec ses rires et ses couleurs.

« J'ai toujours eu le sentiment d'être en visite, chez mes parents. Après mon départ, ils ont dû se retrouver en famille… », avait-elle dit un jour.

Cynique ? Avec ce sourire désarmant qui avait suivi la phrase ? Non. Elle a de l'humour, c'est tout. « Anne est une femme charmante, je ne l'ai jamais entendue dire du mal de quelqu'un ! »

C'était vrai, d'ailleurs. Mais, en réalité, elle se foutait complètement des autres, et son indifférence passait pour de la délicatesse.

Tac-tac, un petit saut de trottoir.

Est-ce que je passe chercher du fromage ? Non, j'ai le camembert. Il doit être dans un drôle d'état, depuis trois jours qu'il est là ! Enfin, on verra bien…

C'était rare, ce petit laisser-aller culinaire. Anne aimait trop que les autres se sentent bien chez elle.

Chez elle : son fief, où elle évoluait en châtelaine aimable. Un grand appartement moderne qu'elle avait décoré elle-même, dans une harmonie de blanc et de bleu — les deux couleurs qui la mettaient le mieux en valeur.

Après avoir étalé des couleurs sur son visage, elle en avait étendu sur du papier.

— Anne ? C'est pas mal, votre composition décorative, mais où est la couleur chaude ?

— La couleur chaude ?

— Vous avez un bel ensemble de couleurs froides, mais il faut l'équilibrer par une couleur chaude.

— Pourquoi ? Il n'est pas chaud, mon bleu ?

— Je ne vous dis pas ça. Je vous explique…

— Ça va très bien avec mes yeux !

— Eh bien, collez-vous-la sur vous, votre composition !

C'est ainsi qu'elle était devenue modéliste.

Après avoir créé des pulls pour une grosse boîte, peint des écharpes pour un peu tout le monde, elle était arrivée à cette « Haute Boutique » du faubourg Saint-Honoré où elle faisait la pluie et le beau temps, ou plutôt les robes et tout le reste, où elle avait son atelier et où on l'appelait Madame. Elle y fabriquait du « chic », saison après saison avec un grand sens du détail inutile.

Anne aimait les artifices. N'ayant ni le goût ni le temps de découvrir la beauté cachée, elle préférait la fabriquer pour qu'elle soit visible et utilisable immédiatement.

Ce qu'il fait bon, aujourd'hui ! Ça sent encore l'été, on pourra dîner les fenêtres ouvertes…

Pourtant, une pensée subite vint assombrir un peu son regard.

Car depuis quelque temps une petite ombre s'était insinuée dans la vie d'Anne, si claire, si tranquille.

Un petit nuage noir…

2

CLAUDE

Pourquoi ne sont-ils pas là, aujourd'hui ? Pourquoi sont-ils partis ?

Claude était assise sur le coin de la fontaine Saint-Michel. Elle venait là presque quotidiennement, dans son vieux pull et son vieux pantalon qui étaient devenus, depuis le temps qu'elle les portait, comme une seconde peau. Ils n'étaient même plus tout à fait noirs. L'usure ? Les lavages ? Quand on les lui arrachait pour les nettoyer, elle ne sortait généralement pas ce jour-là.

Elle s'était habituée à eux. Ils étaient trois et deux guitares – français, pour une fois, mais ils venaient d'ailleurs. Ils y étaient sans doute repartis...

Pourquoi ? Pourquoi ne sont-ils pas là ?

Elle s'était trouvée mêlée à eux par hasard, et les avait écoutés. Elle parlait rarement quand elle avait réussi à s'introduire dans un groupe. Il lui suffisait de se sentir à l'intérieur du cercle. Elle avait moins mal. Tout s'apaisait pour un instant.

Il lui restait leurs noms, qui avaient meublé sa vie pendant quelques jours. Michel, Toby... Elle se les répétait quand elle était arrivée sur la place. Elle allait retrouver sa nouvelle petite famille.

S'ils avaient su l'importance qu'ils avaient prise dans sa tête, sans doute auraient-ils eu une réaction de gêne.

16

On n'aime pas trop les attaches, ici, même imaginaires… Il vaut mieux n'avoir l'air de rien, de ne toucher à rien. Et elle ne touchait à rien, en effet, cette drôle de fille qui se traînait là.

Elle aurait pu être jolie, avec son fin visage pointu, sa minceur, et ces cheveux immatériels qui lui mangeaient les joues, mais on ne s'en apercevait pas. Elle se recroquevillait comme une petite araignée égarée loin de sa toile. Ici, elle était tranquille, on ne lui demandait rien – même pas d'être jolie.

Ils n'avaient pas parlé de partir, hier…

Elle avait vu qu'il n'y avait personne autour de la fontaine. Elle jetait toujours un coup d'œil de loin, avant d'arriver, puis marchait en regardant le trottoir, en avalant ses joues, la démarche indécise.

Surtout, qu'ils ne s'aperçoivent pas que je viens ici exprès pour eux. Pourvu qu'ils ne le voient pas…

Elle s'arrêtait parfois sur un banc, pâle. Elle regardait fixement les voitures, l'air d'étouffer un peu, et menait une bataille intérieure pour jeter ou non un autre regard vers la fontaine.

Est-ce qu'ils m'ont vue ?…

Cela durait parfois longtemps, et elle ne savait plus comment se relever naturellement.

Une fois, elle avait trouvé un truc : mordillant son pouce, elle s'était brusquement levée, comme sous l'emprise d'une pensée subite, elle avait fait deux pas précipités, puis son bras était retombé doucement le long de son corps, doucement… les yeux à terre. Alors, elle avait repris son air errant. Mais son calvaire n'était pas terminé – il fallait traverser la rue, ce grand espace libre où elle était bien en vue.

Si je traverse la rue, j'ai l'air d'y aller exprès…

Elle choisissait donc de louvoyer parmi les voitures en stationnement de l'autre côté de la place, presque jusqu'au trottoir. Elle n'avait plus que deux mètres de désert à traverser, les yeux toujours baissés, le plus lentement possible.

Il ne faut pas que j'aille trop vite… Il ne faut pas qu'ils voient…

Encore trois mètres de trottoir, et elle touchait au bord. C'était moins pénible, il y avait là des gens qui lui ressemblaient un peu. Elle se composait un personnage en deux ou trois gestes, toujours les mêmes.

Me passer la main dans les cheveux, me mordre la lèvre, surtout ne regarder personne…

Si elle repérait quelqu'un qu'elle avait déjà vu, c'était plus simple. Elle n'avait pas à s'asseoir tout de suite, elle passait pour dire un bonjour très éteint et s'asseyait là. Parfois il repartait immédiatement et elle souffrait. Sinon, tout s'apaisait peu à peu, et peu à peu elle arrêtait de transpirer.

Ce jour-là, voyant qu'il n'y avait personne, elle n'avait pas eu le courage de faire tout de suite la traversée de la place. Elle était repartie traîner dans les petites rues du quartier.

Elle avait trop chaud, mais n'y pensait pas. Elle avait l'habitude de grelotter l'hiver et de transpirer l'été dans ce pull.

Une heure avait passé ainsi et ses yeux s'étaient creusés un peu plus. Fatiguée d'avoir tourné si longtemps elle était enfin venue se poser sur le rebord de la fontaine. Elle était restée sur le côté… et le regrettait maintenant : un peu plus tard, un groupe était venu s'installer presque au milieu. Elle les regardait. Deux garçons très grands, blonds – ils ne devaient pas être français – et une fille, aussi. Des sacs à dos traînaient sur le trottoir et ils s'étaient assis.

C'est qu'ils vont rester un moment, alors…

Elle leur attribua un air sympathique et chercha désespérément un moyen de les rejoindre. Ils ne l'avaient pas regardée. Pourquoi alors avait-elle l'impression que le monde entier était fixé sur elle ?

Je pourrais aller leur demander une cigarette…

Mais elle avait si souvent employé ce procédé pour s'introduire dans un groupe, ou au moins utilisé ce prétexte pour s'asseoir à proximité, qu'elle avait l'impression d'être démasquée, maintenant.

Elle ne se contrôlait plus et oubliait de regarder à terre d'un air absent pour les observer sans arrêt.

Ho ! Si je pouvais m'évanouir ! On serait bien forcé de venir…

Mais elle ne s'était jamais évanouie. Pourtant, elle en rêvait souvent. Elle tombait, ne pouvait plus rien faire, et sentait tout ce qui lui arrivait. On venait la prendre, la toucher, la plaindre. On parlait d'elle, longtemps, on était inquiets d'elle, et elle flottait dans une brume de bien-être. On l'entourait enfin, c'était chaud. Elle ne souffrait plus.

Non, je n'aurai pas le courage…

Elle avait bien titubé sur un trottoir avant de s'appuyer au mur les jambes molles, un jour. Mais elle n'était pas allée jusqu'au bout… Pourtant, elle aurait pu tomber, elle le savait ! Elle ne mangeait presque pas et elle était assez pâle pour qu'on y croie. Un passant était venu lui demander si elle avait besoin de quelque chose, et une soudaine panique l'avait tirée de son rêve. Elle avait fui quand on lui avait demandé son adresse.

Non. Il faudrait tomber, et que ça ne s'arrête jamais…

Si on regrette toute sa vie le ventre de sa mère, Claude a dû le regretter plus que tout le monde. Son premier mot a vraisemblablement dû être « Non ». Elle ne s'y est pas faite. Elle n'a pas trouvé le chemin vers les autres.

Le temps avait continué à passer, rempli de rêves vagues et douloureux. Tout lui faisait mal et elle ne pouvait rien. Elle ne pouvait pas bouger, avec tous ces nœuds en elle…

Elle avait trouvé un seul moyen d'adoucir ses malaises : elle se construisait avec eux un personnage qu'elle entretenait avec soin. Cela lui permettait aussi de s'estimer un peu.

Pourtant, des envies, elle en avait. Et des pensées très belles, aussi, d'amour, de liberté – tout un idéal qu'elle n'employait pas, faute de moyens.

Perdue dans ses pensées, elle quittait cet air buté qui lui creusait les joues. Elle était comme une marionnette abandonnée avec les mêmes yeux sans espoir.

A pleurer...

Ainsi passait l'après-midi pour Claude qui n'avait pas vingt ans.

3

PIERRE

Exceptionnellement, Pierre était sorti de son bureau beaucoup plus tôt que d'habitude. Il avait besoin de prendre l'air. Il s'était même arrêté pour prendre une bière, lui qui détestait les cafés.

Il avait eu un geste pour desserrer sa cravate mais l'avait réprimé, par une longue habitude de correction. Même en maillot de bain, il avait toujours l'impression qu'il la portait. Les autres aussi.

Déjà, tout jeune, il faisait « monsieur sérieux ». Comment faire autrement quand on mesure un mètre quatre-vingt-cinq à quatorze ans, et que la moindre de vos bêtises se repère à trois kilomètres ! Plus tard, il avait essayé de se donner un style sport un peu débraillé, mais ça n'avait pas duré longtemps. Il s'était vite retrouvé dans sa position idéale : assis. Avec la voix posée et le geste mesuré.

Ennemi des sports violents – comme des sentiments violents – il avait surtout le goût de la lecture. Il s'est beaucoup assis avec des livres.

Tout cela l'avait mené confortablement au professorat de littérature qu'il avait mené de front avec le mariage pendant..

Mon Dieu, oui ! Huit ans… Quelle chance de ne pas avoir eu d'enfant !

Elle était remariée. Il ne savait plus très bien avec qui.

Tout s'était bien passé. Il s'était trouvé très correct avec elle, et ils avaient joué pendant quelque temps aux bons amis qui ont du plaisir à se revoir. Ça surprenait l'entourage, ça faisait bien. Et puis, mon Dieu, il était beaucoup plus dur de se retrouver de part et d'autre d'une table de restaurant sans avoir rien à se dire que de ne rien se dire dans un appartement. Chez soi, au moins, on peut s'occuper. Là… Ils avaient trituré pas mal de boulettes de mie de pain en écoutant les conversations des tables voisines, et leurs relations s'étaient tout naturellement espacées, jusqu'au silence pur et simple. Il lui avait envoyé son chèque tous les mois avec un petit mot et le sentiment d'être un type bien – puis sans petit mot.

Elle doit être heureuse, et continuer à faire des coussins partout. Mais, au moins, elle ne les fait plus chez moi !

Il détestait les coussins. Après en avoir eu sous la tête, sous les fesses, sous les pieds, de toutes les formes et de toutes les couleurs, il ne les supportait plus, même en vitrine. Il n'y avait pas l'ombre d'un coussin chez lui.

Qu'est-ce que je fais ? Je repasse chez moi ou pas ? Il apercevait sa voiture garée un peu plus loin dans la rue. Il soupira et passa d'un pied sur l'autre devant le comptoir, s'énervant de son indécision. Il commanda une autre bière.

Qu'est-ce qu'on s'ennuie dans un café ! Qu'est-ce que tous ces gens viennent donc y chercher ?

Il ne pensait pas que, comme lui aujourd'hui, ils s'offraient une trêve, un temps mort…

Il s'était un peu énervé, tout à l'heure. Il ne s'énervait que lorsqu'il ne comprenait pas quelque chose, et il ne comprenait pas ce qui se passait à la maison d'édition en ce moment.

Le lancement de cette nouvelle série, par exemple. Il n'était même pas au courant et, quand on lui en avait parlé, cet après-midi, il lui avait semblé qu'on prenait des précautions, des gants. En réalité, la décision était déjà prise avant qu'on ne l'ait consulté. Il était le directeur de la publication, quand même ! Il avait trouvé la chose plutôt désinvolte et aurait bien aimé le leur dire. Mais à qui ? A Tavellier, carrément ? C'était un peu délicat…

Ils étaient très amis quand Tavellier lui avait proposé de venir travailler avec lui, dans sa maison d'édition. Il avait besoin d'un collaborateur, et l'érudition de Pierre lui semblait un atout précieux. Lui-même était plutôt un bagarreur, plus homme d'affaires qu'homme de goût.

Qu'est-ce qui s'était déclenché en premier ? Le divorce, ou le travail là-bas ?

Il ne savait plus très bien. Tout s'était mélangé dans une grande euphorie de changement. Chacune des décisions qu'il prenait venait à point pour renforcer les autres, et il avait eu l'impression de vivre sa vie pour la première fois. Il avait même commencé à faire de la gymnastique le matin…

Puis, pourquoi, parti pour être le bras droit de Tavellier, le co-patron, s'était-il retrouvé directeur de la publication, il ne le savait pas. Par mollesse, tout simplement. Il avait cessé peu à peu de faire de la gymnastique, et vu Tavellier de plus en plus rarement.

Tiens ? Ça fait combien de temps que je n'ai pas déjeuné avec lui ?

Par ailleurs, il était très satisfait de son existence. Passer sa vie à se battre ne lui paraissait pas un sort très enviable. De toute manière, il se retrouvait assis tôt ou tard…

Ça n'est quand même pas si compliqué de me décider à passer chez moi ou pas !

Il se secoua, avala, dans un grand mouvement, les trois malheureuses gouttes de bière qui restaient au fond de son verre, paya, et sortit. C'était bien le diable si d'ici qu'il arrive à la voiture…

L'appartement qu'il s'était arrangé depuis son divorce était agréable. Dans le style cuir et bois sombre, avec un mélange de design – il faut ce qu'il faut. Du goût, toujours. Mais cet appartement ne s'était jamais décidé à vivre. Il avait bien tenté d'organiser un certain désordre… Rien à faire, il restait factice. Il avait alors ramassé ses livres épars et les avait bien alignés dans la bibliothèque, là où ils devaient être. Au moins, ça faisait propre.

Il ouvrit la portière de la voiture en fronçant le sourcil, comme s'il faisait un énorme effort. Ça devenait un tic, chez lui, depuis quelque temps.

Il faut que je fasse nettoyer les coussins de cette voiture…

Décidément, il n'en sortait pas, des coussins ! Il se rappela tout à coup qu'Anne lui en avait offert un, après qu'il lui eut raconté la manie de sa femme. C'est le seul coussin qui l'ait fait rire de sa vie. Il le lui avait collé sous les reins un peu plus tard… Ç'avait été une bonne soirée. La chose trônait encore sur le lit d'Anne, en souvenir.

Cette pensée le détendit et il décida d'aller directement chez elle.

Voyons, est-ce que j'ai encore une chemise propre là-bas, pour demain matin ?

Anne… Il l'avait rencontrée à une soirée chez des amis. Il avait essayé de raconter une histoire drôle et avait récolté un silence consterné, comme toujours – il n'avait jamais été doué. Pour donner le change, il avait enchaîné directement sur un sujet assez grave. C'est alors qu'elle s'était mise à rire comme une perdue. Désarçonné un instant, il avait tenté de poursuivre ; mais, avant qu'il ait pu prononcer cinq mots, elle était repartie de plus belle. Elle était même sortie un moment pour se calmer.

Il n'avait plus fait de grands efforts pour animer la conversation ce soir-là. Un peu vexé, mais accroché.

Plus tard dans la soirée, il lui avait demandé d'une manière très abrupte son numéro de téléphone et un dîner en tête à tête, se réjouissant à l'avance de la voir se troubler, hésiter… Mais, avec un grand sourire, elle avait immédiatement répondu :

— C'est une bonne idée, ça ! Je vous trouve tellement drôle !

Il se demandait encore quel air il avait bien pu avoir pendant les dix secondes suivantes.

Ça fait combien de temps, déjà ? Je venais d'avoir trente-sept ans… Mais oui, plus de deux ans. Déjà !

Elle était sa première vraie liaison depuis son divorce.

Tiens ? Si je ramenais une bouteille de champagne pour ce soir ?

Ils avaient dîné au champagne, la première fois…

Ils s'étaient fixé rendez-vous par téléphone et devaient se retrouver directement au restaurant. Il prévoyait qu'elle le ferait attendre, mais non ! Elle était arrivée à l'heure, très belle. La bouteille de champagne était déjà sur la table. C'est la première chose qu'elle avait vue en arrivant.

— Ha ha ? avait-elle fait avec un petit rire.

— Hé… héhé ! avait-il répondu.

— Hé !… Oui, hein ?

Et il avait reçu un regard rieur et complice tandis qu'elle s'asseyait.

Le temps avait passé très vite. Ils avaient parlé de leur métier respectif, et il s'était soudainement intéressé à la couture.

— Mais qu'est-ce que c'est, votre clientèle ?

— La pire. Chez nous, en somme, c'est la demi-mesure. Ce qu'elles achètent, c'est une signature, même une petite. Elles en crèvent ! Alors elles achètent des bijoux chez Dior, et l'écharpe quand il y a « Dior » dessus, comme le Port-Salut, et pour le reste elles viennent chez nous. En revanche, elles ont toujours des exigences de haute couture !…

— Je vois.

— Et ce n'est pas seulement pour la signature qu'elles viennent. Le pull qu'elles paieraient deux cents francs ailleurs, si elles l'achètent quatre cents francs chez nous, elles croient avoir le droit de nous emmerder pour deux cents francs !

— Vous ne les aimez pas, hein ?

— Pourquoi les aimerais-je ? Elles ne font rien, sinon bouffer le fric d'un autre, et elles ne sont ni gentilles ni intéressantes. Elles font mal leur boulot, quoi ! D'ailleurs, on me demande rarement de venir en bas pour les voir. On se méfie !

— Vous ne leur dites pas, tout de même !

— Non ! Mais j'en fais trop, paraît-il… Avec un œil qui rigole et l'autre qui dit merde, il paraît que ça se voit.

Il ne put s'empêcher d'avoir une réaction toute masculine : le plaisir d'entendre une femme juger d'autres femmes. Du coup, il la trouva vraiment intéressante, car différente.

Ensuite, il n'y eut pas de coquetterie, pas de flottement, il se retrouva chez elle, et très rapidement sur son lit.

Anne n'avait pas quitté pour autant une certaine manière « homme à homme » sans agressivité. Il en fut ravi – il n'avait jamais rencontré. Et aussi légèrement déboussolé. La nouveauté, si séduisante qu'elle soit, vous a de ces inconvénients imprévisibles. Et l'amour avec humour, d'emblée… ! Tout cela se solda par ce qu'on pourrait nommer joliment un fiasco de sa part.

C'est alors que la manière « homme à homme » d'Anne fit merveille : elle réagit si bien qu'il ne fut ni coincé, ni blessé, ni jugé – ils rirent. Et il pensa que, décidément, c'était une femme remarquable.

Quand il partit, plus tard, elle le retint par le bras sur le pas de la porte :

— Écoutez, maintenant que nous sommes un peu intimes…

— Si peu !

Ils rirent encore une fois comme des gamins.

— Je vais vous faire un aveu : j'aime bien le champagne avant ou après…

— Après quoi ?

— Le dîner !… Mais, pendant, je préfère le bordeaux !

Il se rattrapa quelques jours plus tard. Pour le bordeaux et le reste.

C'est vrai. Deux ans déjà…

Où en étaient-ils, tous les deux ? Il ne le savait pas très bien. Anne avait fermement maintenu dans leurs rapports une distance qui l'avait enchanté, au début. Elle lui avait permis de garder ses habitudes. Maintenant, il n'était plus très sûr d'être enchanté…

La barrière où s'arrêtait leur intimité pouvait se résumer ainsi : la place au lit, oui ; dans la garde-robe, non. A peine au bout de deux ans, avait-il réussi à coincer deux costumes à l'extrême bout de la penderie, et juché quelques chemises tout en haut du placard, là où sont les valises.

Quelques mois après leur rencontre, il s'était laissé aller à se répandre trop confortablement un peu partout dans la maison. Il avait retrouvé un soir un paquet tout prêt à être remporté chez lui…

Ils en avaient plaisanté quelques instants, puis enchaîné sur un autre sujet, et il n'avait pas remis les pieds chez elle pendant quelques jours, par représailles.

Comme ça n'avait pas eu l'air d'avoir grand effet, il était revenu, tout simplement.

Elle avait raison. Oui, c'est bien mieux comme ça !

Il transpirait un peu, mais ne pensait pas à enlever sa veste. Il ouvrit la vitre de la portière et y posa le coude en lissant ses cheveux sur sa tempe. Celles-ci avaient commencé à grisonner très tôt et, maintenant, elles étaient presque blanches. Mais ça ne lui déplaisait pas. Il était assez fier de ses cheveux : aucun signe avant-coureur de chute…

C'est pas vrai ! Déjà des embouteillages et il n'est pas cinq heures !

Il regarda distraitement une femme blonde dans la voiture bloquée à côté de la sienne. Elle devait écouter de la musique, car elle marquait légèrement une mesure.

C'est drôle, il ne regardait plus les femmes, depuis qu'il connaissait Anne. Pourtant, il savait très bien que cela ne la gênait pas ! C'était peut-être justement pour cela que...

Il pensa à Anne. A ce don qu'elle avait d'arrêter les choses au point exact où elle avait décidé qu'elles s'arrêteraient. Il en était de même pour ses sentiments. C'était séduisant et agaçant à la fois. Il ne l'avait jamais surprise en flagrant délit d'abandon.

C'est vrai ! J'oubliais qu'il y a encore les autres, ce soir.

Il eut un léger mouvement d'humeur. Il les aimait bien pourtant, mais ce soir...

Ce soir, j'aurais préféré...

Il ne savait pas très bien quoi : être tranquille, se laisser aller, peut-être simplement poser sa tête un instant sur l'épaule d'Anne. Il n'allait pas pouvoir. Enfin, pas vraiment.

Quand il passa la porte de son immeuble, il se rappela tout à coup qu'il avait complètement oublié le champagne.

Il hésita un instant, puis... « Hof ! Tant pis. » Et il entra.

4

Anne arriva à son tour devant son immeuble à six heures moins le quart.

Tiens, déjà !

Elle avait remarqué au passage une paire de boucles d'oreilles à la parfumerie du coin, où on la connaissait bien. Elle se faisait régulièrement de ces petits plaisirs.

Les magasins dits « de frivolités » étaient les seuls qui l'attiraient. Les autres !... Elle n'aurait pas su dire quelle tête avait sa crémière. Elle laissait une liste avec de l'argent sur la table de la cuisine, et c'était la femme de ménage qui se chargeait des commissions, tous les matins, après avoir passé deux heures à nettoyer l'appartement en laissant traîner ses mégots de Gauloise partout.

Anne grimpa les trois étages à pied. Les ascenseurs, ça sera bon quand je serai vieille...

A l'intérieur de l'appartement, Pierre avait un rire silencieux en l'écoutant monter les escaliers au pas de charge.

Elle en fait, du potin, avec ses hauts talons !

Il était content de la surprendre, et vint se placer au milieu du living, pour qu'elle le découvre dès son entrée.

— Ha, tu es là, dit-elle d'un ton neutre.

Il la regardait s'avancer. Ça lui va vraiment bien, cet imperméable d'homme...

— Oui, je suis là. Pas eu le courage de passer chez moi.

Elle jeta son sac sur un fauteuil en soupirant. Il vint la prendre dans ses bras et la berça doucement, la tête dans son cou. Puis il se décolla un peu d'elle et lui passa un doigt sur la paupière – pas trop fort, pour ne pas abîmer la peinture...

– Tu as l'air fatiguée, mon chat. Des soucis ?

– Moi ? non... Et toi ?

– Tout petits.

– Ha !...

Elle se dégagea de lui, dans un mouvement de recul involontaire – et bien naturel – devant les soucis de Pierre. Il serait bien temps d'écouter tout ça plus tard. Et puis, les histoires de bureau...

Elle enleva son imperméable en promenant autour d'elle un regard de propriétaire satisfait. Tout était bien, en ordre.

Les pièces de l'appartement étaient spacieuses, agréables, avec ces grandes fenêtres. Le living, surtout. Mais Pierre trouvait qu'il faisait un peu « salon de réception ». Tout était clair, avec de grandes plages de moquette. C'était sympathique plus que chaleureux, et sur la table basse qui servait de bar, devant le canapé, il y avait trop de bouteilles en évidence, et trop de verres, toujours prêts. On pouvait toujours passer, ici. « On » y passait beaucoup...

Bien des fois Pierre avait discrètement regardé sa montre à trois heures du matin, ou plus. Anne ne pouvait pas mettre à la porte des gens qui se plaisaient chez elle ! C'est parfois lui qui abandonnait le terrain, en s'imaginant, seul dans sa voiture, la scène qu'il ne lui ferait pas.

Faire une scène à Anne ! C'eût été l'arrêt de mort de leurs relations. Elle avait horreur du « ton qui monte », une horreur maladive.

Un peu d'humour, bon sang !

Et on nageait dans l'humour, dans cette maison, comme d'autres dans les scènes de ménage ou les problèmes de fric.

– Bon !

Elle fit sauter ses cheveux d'un coup de tête, et fonça vers la cuisine.

– … Tu m'aides.

Il ne répondit rien, car il n'y avait rien à répondre. Il avait passé trente-sept ans de sa vie sans toucher à une casserole, mais il n'est jamais trop tard pour apprendre. Il avait même acquis une certaine pratique – de la mayonnaise, par exemple. La seule difficulté étant d'empêcher cette foutue cravate de tremper dedans…

– Elle n'est pas encore rentrée ?

– Non. Je l'aurais vue…

Et ils pensèrent à Claude chacun de leur côté.

Claude qui, depuis un an et demi déjà, traînait sa silhouette noire dans cet appartement, sombre de vêtements et de pensées, comme une tache incongrue dans tout ce blanc. La seule touche claire en elle étant ses cheveux blonds en friche.

Pierre s'était habitué maintenant à la voir tourner dans cette maison, comme une obsession.

Il avait eu la surprise, en arrivant un soir, de voir cette fille pâle et noire recroquevillée dans un coin du living. Anne était debout, plantée là, au milieu de la moquette, et elle avait hésité un instant – ou, du moins, il l'avait cru – avant de lui dire :

– Je te présente ma sœur… Claude.

– Ha bon ? fit-il, surpris qu'elle ne lui en ait jamais parlé.

Il était resté frappé de la différence entre elles. Que cette curieuse chose qui lui avait tendu une petite main trop chaude, sans aucun sourire, fût la sœur d'Anne, c'était à peine croyable ! Deux mondes si étrangers, opposés…

Il avait immédiatement été gêné. Et l'ambiance même de la maison était différente. Comme si un poids était entré avec elle, l'air était plus lourd. Le silence, aussi, était lourd. Tout de suite, il avait mal respiré entre elles.

31

Il remarqua soudain qu'Anne était mal à l'aise, elle aussi. Il ne l'avait jamais vue ainsi. Elle bougeait moins. Ou moins bien. Elle avait presque l'air timide, et sa voix même était changée, un peu fragile.

La soirée avait été longue. Trop longue… Il avait passé son temps à éviter de rencontrer le regard, d'un bleu noyé, de Claude. Et ce silence qui retombait sans arrêt ! Pour la première fois, il eut envie de partir de chez Anne. Une envie violente de rentrer chez lui en marchant un peu à l'air libre.

L'air libre… Voilà ce qui avait disparu de cette maison depuis que Claude était entrée. Et Dieu sait que chez Anne l'air lui paraissait plus libre que nulle part ailleurs. Mais il avait hâte de ne plus se prendre les pieds dans ce fil tendu entre elles dans le silence.

— Bon, je vous laisse. Vous devez avoir des tas de choses à vous raconter.

Cette phrase venant après un silence de dix minutes, Anne aurait dû rire. Elle n'avait pas ri…

Pierre avait mis longtemps, ce soir-là, à se laver de cette impression pénible. Il lui en restait comme un goût dans la bouche. Et des questions.

Le lendemain, il s'était repris, et se sentait assez léger, en arrivant chez Anne. Pourtant, dès l'entrée, il avait su qu'elle était toujours là. Le trouble l'avait repris, mais moins fort. Puis Anne lui avait annoncé que Claude allait s'installer ici, dans la petite chambre au fond du couloir. Puisqu'elle ne servait à personne.

Curieusement, elle avait presque semblé lui demander son avis.

— Tu comprends ? Jusqu'à ce qu'elle ait trouvé du travail…

— Qu'est-ce que tu veux que je te dise ? C'est chez toi, ici. Et c'est ta sœur, ça n'est pas la mienne !

Un peu amusé quand même de découvrir une étrange faiblesse chez elle, qu'il avait toujours vue sans faille.

Et l'autre, là, qui se taisait…

Plus tard, il avait essayé d'engager la conversation. Mais il s'était heurté à un mur, et s'était surpris lui aussi à ne pas être naturel. Il s'entendait faire des efforts, sa voix sonnait faux. Il avait renversé du vin sur la table, et s'en était agacé plus qu'il n'aurait fallu. Maintenant, il contrôlait ses gestes… Et l'autre, en face, avait les yeux rivés sur la petite tache rouge qu'elle avait prise comme point fixe.

Anne était allée quelques instants à la cuisine.

– Vous aimeriez faire quel genre de travail ?

C'est alors qu'il avait vraiment vu Claude. Il avait reçu d'elle un regard si affolé, si impuissant, qu'il en était resté la fourchette en l'air.

Mais… elle a peur. Voilà, c'est ça ! Elle a peur !

Quand Anne était revenue, tout était rentré dans l'ordre. Il avait fini ses pommes sautées et Claude était repartie dans la contemplation de la petite tache rouge. Mais il n'était plus mal à l'aise. Il avait pris le dessus. Elle avait peur…

A partir de ce moment, il avait essayé de comprendre Claude ; et, bientôt, il avait fait connaissance avec son génie de la fuite.

Anne avait recommencé, elle aussi, à évoluer plus naturellement, comme si quelque fil invisible s'était dénoué.

Puis la vie de la maison avait continué, et tout le monde s'était peu à peu habitué à la présence de Claude, muette et bizarre. Elle rôdait comme un chat qui n'aurait pas trouvé sa place, et se posait tout à coup, de préférence dans les coins. Sa présence détonnait toujours, où qu'elle soit.

Pourtant, si discrète fût-elle, on ne pouvait l'oublier ; et, d'une certaine manière, elle emplissait la maison.

Puis, il y eut une période où elle vint se blottir contre Pierre un peu partout, entre les portes, sur les fauteuils, et parfois même, devant Anne, elle lui donnait un baiser furtif, laissait traîner une petite main toujours trop chaude dans son cou, au passage.

Anne n'y prenait pas garde. Ou n'en avait pas l'air… Alors Claude se tassait, les genoux bien serrés entre les bras, le regard sombre. C'était puéril, mais Pierre avait recommencé à être mal à l'aise. Ça avait duré quinze jours.

Après quoi, Claude n'avait plus supporté qu'il la touche, même par hasard. Une véritable allergie. Il la sentait se rétracter sous sa main, la tête dans les épaules. Elle aurait été chat, il aurait vu son dos se hérisser. Il avait pris alors une revanche sur les quinze jours troubles, et s'était amusé à la faire détaler rien qu'en avançant un petit doigt.

Anne était très en forme à cette époque. Elle avait repris son beau naturel, ses grands mouvements et ses rires, et Pierre avait assisté à tous ses efforts pour construire une vie et une colonne vertébrale à Claude. A tous ses échecs, aussi… Une bonne trentaine de formulaires, qu'Anne remplissait elle-même, bien sûr, pour des écoles et des cours divers. Mais lesquels ? Elle n'avait de goût pour rien, cette petite ! Et trois entreprises privées d'orientation professionnelle où on la traînait, pâle, le souffle court, avec cette moiteur sur la lèvre supérieure, et où on l'abandonnait face à des « personnes compétentes ». Claude lançait alors à Anne, qui la laissait là, un regard de chien qu'on a mené chez le vétérinaire pour y être piqué. Il y eut quelques tentatives de travail, aussi, mais dont il vaut mieux ne pas parler… Et enfin deux allers et retours-Bretagne où l'on avait expédié la petite avec, chaque fois, un aller simple.

La première fois, elle avait tenu une semaine.

La deuxième, Anne l'avait retrouvée sur le paillasson quatre jours plus tard, avec à nouveau un regard de chien, affamée. Elle était revenue pratiquement à pied.

C'est alors qu'Anne s'était décidée à lui donner un double des clés de l'appartement. Avec tous ces voyages, c'était plus rationnel.

Claude souffrait, Anne ne se décourageait pas et continuait de mijoter des projets avec un bel élan de santé.

Mais, curieusement, Pierre avait l'impression qu'elle n'allait pas au bout de ses efforts. Une simple impression, peut-être, mais tout de même... Il sentait confusément qu'elle s'arrêtait au moment précis où elle aurait pu gagner, forcer quelque chose. Et, si quelqu'un marquait des points, on aurait presque pu dire que c'était Claude. Des points négatifs.

En fait, rien ne bougeait. Puis les tentatives d'Anne devinrent plus molles, résignées.

– Madame, j'ai là les tests de votre sœur... ou plutôt l'absence de tests. Puis-je vous dire quelque chose ? Elle est malade cette petite.

– Malade ? Comment ça, malade ?

Il était inutile d'essayer de lui expliquer, Anne était hermétique à cette idée. Elle se fermait – comme elle se bouchait instantanément les yeux, les oreilles et le nez à la seule évocation d'un hôpital.

– L'emmener voir quelqu'un ? Qu'est-ce qu'il pourrait bien faire de ce paquet terrorisé et muet ? Encore faudrait-il réussir à l'y amener !

C'était vrai, d'ailleurs. Cette crise ! Le jour où l'on avait enfin annoncé à Claude qu'elle allait voir « quelqu'un » ! Une boule de pieds et de mains coincée entre le mur et le fauteuil, presque sous le fauteuil, et toutes ces larmes qui avaient inondé la moquette...

Anne en avait été malade deux jours. Une énorme indigestion de ton qui monte lui avait noué l'estomac, fait la mèche triste et le teint vaseux – réveils à l'Alka-Seltzer, etc. Le calme était revenu avec l'abandon du projet.

Et l'équilibre s'était peu à peu établi. Car on pouvait parler d'équilibre : Anne vivait, Claude regardait.

« Je ne mettrais pas un chien dehors, je ne vois vraiment pas pourquoi j'y mettrais ma sœur ! »

Elle ne tenait pas plus de place qu'un animal domestique, ne coûtait pas plus cher à nourrir, et on n'avait pas besoin de la sortir. Elle sortait seule, c'était quand même un avantage !

— Ha, merde ! Elle a encore oublié de nettoyer le four. Mais qu'est-ce qu'elle fout, ici, cette bonne femme !

Cette réflexion d'Anne à quatre pattes sur le carrelage de la cuisine rappela Pierre à la réalité, culinaire, pour l'instant. Il attrapa la laitue et entreprit de lui faire un sort, un pied sur la pédale de la poubelle. Zim… boum, une vieille feuille dans la poubelle, floup… une autre dans l'eau, zim… boum, une autre vieille feuille, et floup… Anne s'était relevée et le regardait, un poing sur la hanche.

— Ça ne serait pas plus pratique si tu prenais une feuille de papier ?

Elle ouvrit le placard et fouilla dans les vieux journaux.

— *France-soir* ou *Le Figaro* ?

— Sans opinion.

Tandis qu'il en était aux perfectionnements, il se noua un torchon en paréo.

Ils continuèrent à opérer en silence. Claude flottait encore dans l'air… Tout à coup, Pierre poussa une exclamation qui fit sursauter Anne.

— Au fait ! J'ai une bonne nouvelle !

— Ha oui ?

— Je crois bien que, cette fois, je lui ai trouvé un boulot formidable !

Il était inutile de préciser pour qui.

— L'idée m'en est venue ce matin, en parlant avec Michaud. Il a besoin d'une petite assistante. Boulot mal défini, seulement l'après-midi…

— Et… tu crois que ça pourrait aller ?

Anne, en train d'éplucher des patates, en était restée le couteau en l'air.

— On ne peut pas faire mieux, non ? Et puis un journal, c'est une ambiance sympa.

— Oui, mais il y a beaucoup de monde, dans un journal. Elle ne va pas avoir peur ?

Il prit le plafond à témoin de son impuissance. Lui trouver un travail qu'elle soit capable de faire, et à mi-temps, s'il fallait en plus que ce soit dans un désert !

— En tout cas, elle a un rendez-vous précis, coincé entre deux trucs importants, il ne s'agit pas qu'elle soit en retard !

— Elle sera à l'heure, parce que j'irai avec elle.

— Mais non, tu n'iras pas avec elle…

Anne s'arrêta pile au tiers d'une belle épluchure et le regarda.

Il lui parla comme à une enfant.

— Tu sais très bien qu'elle n'ira pas, si tu viens avec elle… ou alors on ne pourra pas lui tirer un son.

C'était agaçant, à la fin, cette obstination à ne rien comprendre !

Anne avait rebaissé la tête sur sa pomme de terre.

— En mettant les choses au pire, elle fera une journée… comme aux Beaux-Arts, ajouta Pierre perfide.

— Au moins, elle y est passée. C'est déjà ça !

— Ça ! Pour y être passée ! PFFFTT !

Ç'avait été une des riches idées d'Anne. Claude aux Beaux-Arts ! Maladroite comme elle est, surtout de ses mains, c'est embêtant, pour le dessin… C'était curieux aussi, cette manie de vouloir retrouver ses propres dons chez les autres. Aucune imagination.

Anne découpait les pommes de terre dans un grand plat, une mèche auburn sur la joue, juste devant la boucle d'oreille.

C'est drôle qu'elle aime faire la cuisine…

Il est vrai qu'elle cuisinait surtout pour récolter des compliments. Elle-même, seule, aurait plutôt été du genre sandwich.

Elle faisait tout cela avec énormément de détachement, un petit doigt en l'air, comme elle aurait fait un bouquet.

Il eut envie de lui parler de ses propres soucis. De lui sortir Claude de la tête, aussi. Il prit un biais, et commença par lui demander des nouvelles de son travail à elle.

— Ça va, toi, à l'atelier, en ce moment ?

— Ho oui. Tiens, on a un nouveau mannequin. Laurence est partie. Elle accouche dans quatre mois, ça commençait à poser des problèmes ! Remarque, celle-ci ne nous inspire pas beaucoup plus : qu'est-ce qu'elle est tarte ! ayayaïe ! mais qu'est-ce qu'elle est marrante ! Elle nous fait rigoler, c'est le principal.

Il l'écouta en souriant, et imagina la vie légère qu'elle devait avoir dans la journée, sans perdre de vue ses préoccupations personnelles. Il profita d'un blanc pour tenter de s'épancher.

— Moi, je ne sais pas très bien ce qu'ils mijotent, à l'édition, en ce moment...

Il attendit un encouragement pour continuer. Il vint quatre secondes plus tard – trois de trop.

— Ha bon...

— Oui, je ne comprends pas ce qu'ils cherchent. Ils veulent lancer une nouvelle série : « Les grandes questions ». Ça n'a jamais été le style de la maison ! Alors je ne sais pas ce que...

Il fut interrompu par un gloussement.

— Et pourtant !

— Quoi ?

Elle riait carrément, maintenant.

— Ça te va très bien. « Les grandes questions » ! Tu devrais aller au bureau comme ça !

Évidemment. Parler de ses inquiétudes lorsqu'on est en train de battre une vinaigrette avec un torchon à fleurs autour des reins... Il aurait dû se méfier.

Il abandonna, et ravala ses soucis. D'ailleurs, elle était déjà partie dans un placard, où elle faisait un bruit d'enfer avec les casseroles. Ce n'était pas aujourd'hui qu'elle s'occuperait de lui.

Tant pis. Je serai gai...

5

Six heures. La place Saint-Michel était très animée, maintenant.

On confondait, de loin, ceux qui passaient et ceux qui restaient là. En s'approchant, on distinguait deux groupes : ceux qui évoluaient dans la rue comme dans une rue, c'est-à-dire pour aller quelque part, et les autres.

En éliminant, sur les côtés, les piliers de terrasse et les rôdeurs professionnels, on arrivait à un groupe qui se sentait chez lui sur la place, réuni autour d'un foyer. Au milieu, se trouvait Claude, enfin entourée chaudement.

Elle n'avait plus été perdue très longtemps. La fin de l'après-midi les avait amenés par petits paquets et, maintenant, elle se sentait presque bien. On l'avait même invitée à boire un café, et elle avait pris un peu de couleurs. Si peu… Déjà toute petite, elle était pâle.

« Qu'est-ce qu'elle a, cette petite… Elle est malade ? »

« Non, madame, elle est comme ça. »

Les parents, déjà déboussolés d'avoir pondu une grande fille qui bousculait tout sur son passage en riant, n'avaient jamais pu comprendre comment ils étaient arrivés à fabriquer son contraire exact huit ans plus tard ! Celle-là ne riait jamais, n'avait de goût pour rien, s'ennuyait dans son coin, et on avait beau la bourrer de viande rouge et de sang à la cuiller, elle restait toujours aussi pâlotte.

Parfois, on la voyait se raconter des histoires, chantonner, mais ces moments d'abandon et de charme s'arrêtaient instantanément dès qu'elle s'apercevait qu'on lui prêtait attention. Elle se refermait comme une huître.

Toute son enfance fut bercée par des : « Mais occupe-toi, voyons ! Regarde ta sœur ! »

Ça n'était pourtant pas la peine de le lui dire, elle ne faisait que ça.

Anne qui lui faisait dévaler la pelouse en pente du jardin dans sa voiture d'enfant, et qui sautait tout autour en poussant des hurlements de Sioux. Claude n'avait pas deux ans, alors. Un jour, la poussette s'était renversée…

Anne, après l'orage qu'elle avait déclenché ce jour-là, avait tout simplement passé à d'autres jeux, en délaissant la petite sœur trop fragile.

Et Anne qui faisait des claquettes sur la table de la salle à manger, un jour qu'elle avait vu un film de Fred Astaire… Puis, plus tard, Anne avec ses cheveux qu'elle relevait, ses ceintures trop serrées, et tous ces prénoms de garçon qui voletaient autour d'elle…

Claude la regardait toujours.

Puis elle avait commencé à mélanger dans sa tête Anne et ses propres rêves, ce qu'elle aurait aimé faire et ce que faisait Anne. Au début, c'était un jeu secret. Elle se disait : « Si j'étais Anne, je ferais comme ça. » Comme les autres petites filles disaient : « Si j'étais grande… »

A l'école, elle racontait des histoires incroyables qui épataient beaucoup ses copines. Elle avait été danser samedi dernier, elle allait bientôt porter des talons hauts… La vieille maîtresse d'école était même venue voir sa mère.

— Dites-moi, madame, elle a été en vacances en Grèce, votre petite Claude ?

— En Grèce ? Non, pourquoi ?

— Elle le raconte à l'école. Ça lui a beaucoup plu, les plages sont divines, et elle a attrapé des coups de soleil terribles… Je me disais aussi qu'il ne lui en restait pas grand-chose !

— C'est sa sœur qui y était.

— Les enfants ! Qu'est-ce que ça aime mentir !

Le soir, il y avait eu un interrogatoire autour de la table familiale. Le style d'interrogatoire où les parents piétinent délicatement les rêves d'enfant avec d'énormes sabots.

Contrairement à toute attente, Claude l'avait subi avec un visage impassible, les yeux clairs ; et, loin d'être troublée, elle avait continué sa petite vie par procuration et ses mensonges. Quand on lui mettait le nez dedans, comme disait son père, elle avait toujours le regard pur et sans cillement aucun, et c'étaient les autres qui se troublaient.

On aurait dû s'inquiéter, quand même. Mais, à l'époque, on était surtout préoccupé de toutes ces ombres masculines qui rôdaient autour d'Anne. La petite, au moins, elle ne faisait pas de bruit…

Puis elle avait commencé à avoir un soupçon de poitrine, qu'elle cachait comme une infirmité. Anne, à son âge, avait bourré de mouchoirs un soutien-gorge trop grand acheté en cachette au Prisunic.

Peu à peu, Claude se prit d'une véritable haine pour son corps. Alors que son visage se couvrait d'une floraison de boutons, Anne avait une peau éclatante et fraîche, une peau de dix-neuf ans. Anne avait des cheveux épais qui tombaient toujours harmonieusement, même quand elle ne les coiffait pas – surtout quand elle ne les coiffait pas ! Les cheveux de Claude prenaient des plis bizarres, des directions imprévisibles. Des cheveux têtus.

Elle avait bientôt refusé de se peigner, et on l'avait retrouvée un jour, armée d'une grande paire de ciseaux, en train de faire un sort à la tignasse rebelle. On était arrivé trop tard… Claude garda pendant quelque temps un petit air de nonne qui aurait égaré son voile.

Elle ne pensa pas à détester Anne d'être belle. Dommage. Cela l'eût peut-être sauvée.

Elle regardait Anne en espérant vaguement que, peut-être, un jour, Anne la regarderait. Puis, se détestant de plus en plus, elle cessa d'y croire. C'était impossible...

Elle avait quinze ans quand Anne partit de la maison pour aller à Paris. Ce fut une catastrophe. Anne absente était encore plus présente.

Pour libérer Claude, il eût fallu qu'elle parte plus tôt, beaucoup plus tôt... Sans Anne sous les yeux pour meubler ses rêves, elle aurait peut-être peu à peu retrouvé son chemin. Ou plus tard... Passé les petites horreurs de l'adolescence, elle aurait eu les pensées plus claires, vu Anne plus nettement, sans le miroir déformant de ses complexes, et enfin vécu sa propre vie. Peut-être. Peut-être pas. Quand tout cela avait-il commencé à se fausser dans sa tête ?

La seule chose certaine, c'est qu'Anne n'aurait pu choisir un plus mauvais moment pour partir. Elle laissait Claude en pleine déroute.

On la vit alors errer dans la maison, horriblement triste, avec, sur le visage, une recrudescence soudaine de petits boutons. Elle commença à faire des cauchemars, et à vomir. Sa mère la calmait avec des sucres trempés dans de l'alcool de menthe...

« Elle a toujours eu une digestion difficile, cette petite. Et l'adolescence, voyez-vous, ça a parfois de ces effets bizarres sur les jeunes filles. Enfin, sur certaines ! Parce que sa sœur, la grande, vous savez ? Anne. Hé bien, celle-là, rien ! Elle ne m'a jamais attrapé un rhume ! »

Anne revenait souvent, au début, presque tous les quinze jours. Intarissable sur ses joies, ses projets, ses rencontres, elle réchauffait la maison, apportait parfois des cadeaux. Aux yeux de Claude, elle était la vie même. Et Claude attendait deux, trois semaines, que la vie revienne.

Ayant rarement l'occasion de la voir, Anne semblait s'apercevoir plus qu'avant de la présence de sa sœur. Parfois, elle la regardait longuement, presque grave.

A la fin d'une visite, un jour, elle lui avait dit :

— Tu me manques, tu sais.

Claude en avait été bouleversée. Elle s'était maîtrisée jusqu'à la fermeture de la porte, puis avait couru pleurer dans sa chambre. L'ancienne chambre d'Anne, où elle avait tenu à s'installer immédiatement après le grand départ…

Elle poursuivait mollement des études ponctuées de : « Pourrait mieux faire » et de « Si elle voulait ». Seulement, voilà, elle n'avait pas l'air de vouloir.

Puis les visites d'Anne s'espacèrent. Anne l'abandonnait, pensait-elle.

Claude déjà silencieuse – « oh ! elle n'a jamais été d'une nature expansive, vous savez ! Mais alors, sa sœur, par contre… » – était devenue pratiquement muette.

Et l'on avait commencé à parler d'un métier…

« Déroute » est un mot trop faible pour définir les états d'âme de Claude devant le sujet. C'était une véritable débâcle !

Évidemment, on aurait pu la marier. C'était une solution courante, et très pratiquée.

« Un métier, ce n'est pas vraiment indispensable, pour une fille. Regardez par exemple la fille de madame Dupuis, l'a-t-on poussée, pour qu'elle attrape un diplôme ! Tout ça pour trouver six mois plus tard un mari qui gagne bien sa vie, et rester chez elle. C'est normal ! Pouvez-vous me dire à quoi il lui sert, maintenant, son diplôme ? »

L'ennui, c'était que Claude fuyait les garçons de son âge, et tous les garçons en général, comme s'ils avaient pu la briser d'un geste. Les seuls qu'elle eût regardés avec un peu d'attention étaient ceux qui venaient chercher Anne, autrefois.

Peu à peu, Anne lointaine devint une sorte de terre pro-

mise ; et, bientôt, elle n'eut plus qu'un seul rêve : la rejoindre. Partir aussi, et vivre avec elle.

Mais elle butait contre un mur : Comment ? Eh oui, partir. Mais quand ? Comment ? Pourquoi ? Comment le dire,
surtout, et l'expliquer ? Car on allait le lui demander.

Elle réalisa confusément à quel point était grande sa
solitude. Elle n'avait jamais parlé. Personne ne savait rien
de ses rêves, de son amour, rien. La distance était trop
grande. Il y avait un mur infranchissable.

Elle trouva un seul moyen : un jour de grande exalta-
tion intérieure – une lettre d'Anne était arrivée et, à voir
ses mots écrits, il lui avait semblé qu'elle était moins
inaccessible –, elle vola un peu d'argent dans le sac de sa
mère, et courut à la gare.

Le voyage vers Paris fut le moment le plus intense de sa
vie. Elle n'avait rien pris avec elle, qu'elle-même. Tout
était si confus, si violent, que le bruit du train la soula-
geait, la berçait. Il n'était rien, comparé au vacarme dans
sa tête. Elle n'avait pas de doute, pas de peur, ou bien tout
se confondait en un seul sentiment : il le fallait. Que ce
fût bien ou mal ne l'effleura pas.

Elle restait debout, ou plutôt flottante à quelques centimètres au-dessus du sol, légère et fiévreuse. Elle avait
l'impression que son être allait plus vite que le train.

A l'arrivée, elle eut un léger étourdissement. Il ne fallait
pas s'arrêter ! De toute façon, aurait-elle voulu faire
marche arrière qu'elle n'aurait pas pu : il lui restait juste
assez d'argent pour prendre un taxi. Elle le prit. C'était la
première fois.

Elle arriva devant une maison inconnue, dans une rue
qui ne ressemblait pas du tout à celles qu'elle connaissait,
et la panique la prit à la gorge. Elle monta les trois étages
le cœur battant, vit le nom sur la porte. Cela lui fit un
drôle d'effet, de voir ce nom qui était le sien écrit là. La
sonnerie la fit sursauter comme celle d'un réveil qui vous
tire d'un demi-sommeil. Son cœur sautait, tout près de

son pull, tout près, tout près… Elle n'avait pas imaginé une seconde qu'Anne aurait pu ne pas être là. Elle en resta hébétée.

Elle eut tout le temps de redescendre sur terre et sur le trottoir. C'est là qu'Anne la trouva, trois heures plus tard.

Claude ne prêta pas attention à la tête que fit Anne. Elle avait tort : à elle seule, elle valait le voyage !

Le reste, elle n'aurait pas su se le rappeler non plus. La remontée des escaliers, l'entrée dans cet appartement qui lui semblait d'un autre monde, tout était confus. Était-ce bien Anne, cette jeune femme dans des vêtements qu'elle ne connaissait pas, qui envoyait un télégramme par téléphone à ses parents pour qu'ils ne s'inquiètent pas ?

La soirée passée entre ce monsieur à l'air sévère et Anne aussi hébétée qu'elle-même avait été pratiquement indolore, comparée au lendemain. Vu les circonstances, Anne n'était pas allée travailler, et il avait bien fallu répondre à des questions.

Après un chapelet de « je ne sais pas », la peur l'avait prise, voyant Anne commencer à s'énerver. Il fallait faire quelque chose. Elle avait alors prononcé un « oui », qui tombait juste après un « tu veux trouver du travail, ici ? » Il n'aurait pu mieux tomber. Le supplice s'arrêta. Elle avait passé un dur moment avant de prononcer ce « oui », mais, grâce à lui, elle était sauvée : elle allait rester chez Anne.

Elle dormit d'un sommeil de plomb pendant deux jours entiers.

La place Saint-Michel ressemblait à une fête. Claude en avait la tête qui tournait un peu, noyée parmi les autres. Elle avait parlé à un garçon de son âge, ou plutôt c'était lui qui s'était un peu raconté. Elle s'aperçut tout à coup que l'horloge, de l'autre côté de la place, marquait sept heures. Il fallait qu'elle revienne à son port d'attache.

Elle rentrait toujours à l'heure, par un reste de discipline enfantine. Et puis, une prudence instinctive lui conseillait de ne pas trop bousculer l'ordre des choses, là-bas. Sa place était si fragile…

Elle avait un long chemin à faire. Elle se leva. Le garçon la retint un moment et lui demanda de venir voir des amis avec lui. Cela lui fit plaisir. Mais elle s'offrit un plaisir plus grand :

— Non, dit-elle, il faut que je rentre ! Ma sœur est toute seule, ce soir, elle a besoin de moi…

Et elle s'en retourna vers Anne.

Anne qu'elle admire depuis toujours parce qu'elle rit.

6

Cinq, six assiettes…

— Bon ! Qu'est-ce qu'on oublie ?

Anne et Pierre terminaient de poser les couverts sur la grande table du living, côté fenêtres. Ils avaient encore parlé de Claude, de ce qu'elle ne faisait pas, de ce qu'elle pourrait faire, et comment on pourrait l'amener à… Mais ni l'un ni l'autre n'avait pensé à se demander : comment se sent-elle ?

Anne tournait autour de la table, l'œil attentif. Elle avait horreur de lâcher la conversation pour faire des allers et retours qui l'empêchaient de mener le dîner.

Pierre revenait de la cuisine avec les serviettes.

— Je sais que tu vas me sauter dessus, mais, quand même, elle serait obligée de gagner sa vie…

Il récolta ce qu'il avait cherché.

— Tu sais bien que c'est faux ! J'ai essayé de la mettre dehors, c'est encore pire : elle s'assoit et elle crève !

C'est ce moment que choisit Claude pour rentrer. Ils ne l'entendirent pas, car Anne avait tiré derrière elle la porte du living. Claude traversa lentement l'entrée, sans s'arrêter pour écouter la conversation qui se poursuivait.

— Mais pour l'amener à faire ce boulot, ça va être quelque chose ! Il va falloir…

Anne s'était arrêtée net sur l'entrée de Claude dans la

47

pièce. Elle la regardait s'avancer de son pas traînant, figée sur place.

Claude avait-elle réalisé ce qu'on lui préparait ? Qui aurait pu le dire… Elle avait acquis une belle habileté dans la dissimulation de ses sentiments. Sa seule arme.

— Bonjour… ça va ?

— Ben, oui… ça va, répondit Pierre en allant s'asseoir dans le canapé

Anne tripotait des choses sur la table. Claude la regardait s'activer, nota le nombre des couverts.

— Ha ? Stéphane vient ?

— Oui. Tu es contente ?

La conversation entre elles est décidément toujours aussi brillante, pensa Pierre.

L'air redevint un peu lourd. Et toujours ces silences remplis de choses embrouillées où on s'empêtrait les pieds et les pensées…

Il prit un verre, mit des glaçons dedans, chercha des amandes, avec un détachement laborieux. Anne était restée plantée là. Il lui fallait toujours un moment pour récupérer son aisance après l'arrivée de Claude.

— Qu'est-ce que tu as fait, aujourd'hui ?

— Moi ?… Rien.

— Rien ? Tu as bien des copains, non ?

Claude fit une vague moue.

— Hein ?

La seule réponse à la question d'Anne fut le « glou-glou » du whisky que Pierre se versait.

— Bon… Je vais me changer. Il fait chaud, ici, non ?

Un glaçon, heurtant le verre, fit un « ding-guedougn » cristallin, dans le silence.

Anne abandonna, et se dirigea vers la chambre avec un grand soupir. Avant de passer la porte, elle fit une dernière tentative, vouée à l'échec :

— Claude ? Tu ne veux pas mettre autre chose ? J'en ai marre de te voir comme ça…

Ayant essuyé le refus habituel, elle partit respirer dans la salle de bains. Un petit coup sur le nez, les yeux. Elle avait un sacré métier. Une vraie professionnelle de la féminité. Enfin, de cette féminité-là…

Dans le living, Pierre, abandonné face à Claude, observait derrière son verre le petit profil buté, détourné vers la fenêtre. Puis elle le regarda. Tous deux plantés là, sérieux, à contempler d'un air stupide le vide qui était entre eux, c'était cocasse. Un dessin de Copi. Il lui lança un petit clin d'œil. C'était tout ce qu'il avait trouvé à faire et, vraiment, ce n'était pas brillant. D'ailleurs, Claude s'était retournée vers la fenêtre d'un air dégoûté.

Anne fit son entrée, souriante, alerte, en état de combat. Pierre l'apprécia, et poussa moralement un sifflement admiratif.

Elle se servait à boire à son tour quand la sonnette d'entrée retentit sur un tempo très guilleret.

– Ah ! Stéphane !

Stéphane, l'inséparable, le super-copain, le complice, le collaborateur, le mieux-qu'un-frère, le partenaire de rire et de danse, et enfin, la « grosse toutoune » d'Anne. Plutôt mince, d'ailleurs. Brun, un sourire lumineux, on le devinait d'une souplesse étonnante et il était doué d'un charme irrésistible, très méditerranéen. Il emportait littéralement la sympathie.

Cela faisait trois ans qu'il travaillait avec Anne. Depuis ses débuts faubourg Saint-Honoré. Ils formaient un tandem parfait, et auraient déridé à eux deux toute une assemblée de croque-morts

Ils ne se quittaient pratiquement pas, et se retrouvaient le soir le plus souvent possible. En somme, Stéphane faisait partie de la maison. Très utile à Anne : il lui servait de paravent, car il avait l'art de dissiper les tensions, ou plutôt, de les détourner.

Pierre, au début, après avoir dîné en leur compagnie une dizaine de fois, avait confié à Anne que quelque chose l'intriguait. Pourquoi deux personnes si miraculeusement bien assorties ne vivaient-elles pas ensemble ?

– Il ne s'est rien passé, entre vous ? lui demanda-t-il de l'air le plus complice qu'il put.

– Bah… non, évidemment !

– Comment ça : évidemment ?…

– Parce qu'il n'a jamais dû toucher une femme de sa vie.

Il resta stupide. Elle éclata de rire.

– C'est vrai ! J'ai oublié de te dire… Ça ne se voit pas du tout !

Peu à peu, il avait révisé la mauvaise opinion qu'il avait de ces « gens-là ». Une opinion à l'emporte-pièce : lui-même n'avait jamais réfléchi à la question, et pour cause. Il avait simplement adopté le sentiment de Tavellier, qui professait une véritable haine à l'égard des « pédales ». Selon lui, il pouvait les repérer à cent mètres. Ce n'était pas le cas de Pierre, apparemment…

Il apprécia aussi la pudeur de Stéphane. Ni Anne ni lui ne savaient quoi que ce soit sur sa vie privée. Sauf depuis quelques mois. Il avait amené Bertrand une fois, deux fois, et bientôt il fut clair qu'ils vivaient ensemble. L'« amie » était remplacée par l'« ami », quoi de plus naturel. Pierre se sentait très libéral.

Bertrand était un jeune homme réservé, très correct, un peu du genre élevé chez les jésuites. Il poursuivait des études de lettres. Quelle chance ! Pierre s'était immédiatement senti des affinités avec lui, et Bertrand lui était d'une aide précieuse quand les gamineries Anne-Stéphane se faisaient un peu longuettes.

Ils se retrouvaient en fin de soirée en deux groupes bien distincts : Bertrand et lui, enfoncés dans le canapé, verre dans une main et cigare dans l'autre, tandis qu'en face Anne et Stéphane ne tenaient pas en place, riaient, se chamaillaient. Ils étaient simples, clairs et bruyants.

Pour Pierre, il était curieux que ces deux forces de la nature aient choisi pour compagnons des êtres qui n'étaient ni simples, ni clairs. Les avaient-ils choisis, d'ailleurs ? N'était-ce pas plutôt eux-mêmes qui venaient graviter autour d'eux, éblouis par une légèreté dont ils se sentaient incapables…

Silhouette irrémédiablement muette, Claude ne faisait partie d'aucun groupe.

Anne trottait joyeusement vers l'entrée, sur le rythme des coups de sonnette.

— Voilà, voilà !

Elle avait à peine entrouvert la porte qu'un gros bouquet lui avait jailli sous le nez, suivi de la tête de Stéphane, avec un sourire plein de dents.

Anne lui arracha le bouquet des mains et fila directement dans la cuisine pour chercher un vase, suivie de Stéphane et de Bertrand.

— Bonjour, bonjour, ou plutôt bonsoir…

On se serrait les mains. Puis Stéphane se tourna vers Claude :

— Hooo ! Une hérisson !

Il vint l'embrasser dans le cou, la chatouiller.

— … La vache ! Elle sent le foin !

Claude tomba à moitié à terre, roulée en boule, tout à coup déridée.

Quand il la lâcha, elle se rassit sur son pouf en le regardant avec beaucoup de tendresse. Stéphane était une des seules personnes qu'elle supportait bien. Peut-être parce qu'elle sentait que celui-là ne voulait prendre aucun ascendant sur elle, ni la pousser à quoi que ce soit.

Stéphane aussi était à l'aise avec elle. Comme avec beaucoup de monde…

Il s'affala sur le canapé, tandis que Bertrand s'asseyait très correctement sur un fauteuil.

— Mon cher Pierre, je ne sais pas si vous avez eu une journée comme la nôtre…

— Ho ! pire. Bien pire !

— Ah bon.

Anne revenait avec les fleurs dans un vase, foulant la moquette d'un pas dansant, vraiment très jolie, avec ces fleurs devant elle.

— Quand cette cuisine sera-t-elle repeinte ! Je ne peux plus la voir ! Reste à savoir… Tiens, peut-être que… Je ne sais pas si du jaune ça ne serait pas… hein ?

Elle s'adressa machinalement à Claude, qui la regarda sans que rien, moins que rien, ne s'allume dans son œil.

— Évidemment. Excuse-moi !… Et toi, Pierre, qu'est-ce que tu en penses ?

— Oh ! Je ne me mêle pas de ça, moi ! Je suis en visite, ici.

Elle pensa dans son for intérieur que, pour une fois, elle avait été maladroite. Mais comme Pierre la regardait toujours avec un petit sourire indéfinissable, elle poursuivit :

— L'éternel visiteur… Dans le fond, tu dois trouver que ça te donne du charme, non ?

— Oui.

— Tu as raison.

— Un charme prudent…, laissa tomber Stéphane.

Anne lui jeta un rapide coup d'œil. Ce n'était pas son habitude de s'immiscer dans leurs rapports avec des petites réflexions dans le genre de celle-ci.

Pierre contre-attaquait :

— Remarquez, je n'ai pas à me plaindre ! On ne m'a pas demandé d'amener et de remmener tous les jours mon sac de couchage…

— Et puis, si votre appartement brûle, il vous restera toujours une brosse à dents ici.

Mais il continuait, le monstre !

Pierre riait un peu jaune… Anne sentit qu'il valait mieux bifurquer sur un autre terrain.

Le secret, c'était de redresser les situations au moment précis où il le fallait. Ne pas laisser glisser les choses. Le mieux était encore que ces situations ne se présentent pas, mais on ne peut pas tout prévoir.

Une des devises d'Anne était : *pas de vagues*. Comme c'était aussi celle de Pierre, tout allait bien.

Qui avait jamais parlé de passion ? Personne. Et une rupture n'aurait sans doute pas été dramatique, mais ils se donnaient l'assurance, en restant ensemble, de ne pas se laisser aller ailleurs à de trop grands élans du cœur qui dérangeraient leur confort intérieur. On ne sait jamais ! Un coup de foudre est vite arrivé, et cela peut faire pas mal de dégâts, paraît-il. Il valait mieux se garder loin des tempêtes.

Anne se baladait pourtant le nez au vent, quelquefois. Elle avait de temps en temps de petites aventures de peau, tout au plus de petites brises qui s'évanouissaient aussi vite qu'elles étaient apparues. Elle avait alors des besoins de solitude soudains, et Pierre passait quelques soirées sans elle. Elle avait d'ailleurs soin d'avoir des besoins de solitude assez réguliers, pour qu'il ne perde pas de vue qu'il avait un « chez lui ». Prudence, prudence…

Elles n'étaient pas bien méchantes, ces aventures, et s'arrêtaient strictement à la limite de l'épiderme, sans attendrissement. Et elle avait après l'amour une façon de se dresser sur le lit avec un grand soupir dans le style « voilà une bonne chose de faite ! », une manière aussi de sauter sur son paquet de cigarettes qui choquaient certaines sensibilités masculines… Elle s'alanguissait alors parfois quelques instants supplémentaires, avec l'esprit impatient et des fourmis dans les jambes.

Efficace et claire jusque dans ce domaine. Car elle n'aimait pas les eaux troubles, Anne. Pour donner un peu de piment à la chose, à la rigueur, mais pas si troubles qu'elle ne puisse en voir le fond.

Entre-temps, la conversation avait continué, facile, légère, c'est-à-dire insignifiante.

Claude avait les genoux bien serrés entre les bras. Elle écoutait, ou bien pensait à autre chose. Aucune importance, on ne s'occupait pas d'elle. Elle tenait aussi peu de place qu'une chaise et ne faisait pas plus de bruit.

Depuis cinq minutes, on faisait les commentaires usuels sur ces horribles travaux qui défigurent Paris, en passant par le trou des Halles, sans parler de Montparnasse qui, vraiment… Pierre devait se sentir inspiré par le sujet (ses bureaux avaient été transférés à Montparnasse l'année dernière) car il s'assit soudain à l'extrême bord du canapé.

— Tiens ! J'ai eu une idée marrante, tout à l'heure…

— Ha, ha ? fit Anne.

— Ne ris pas déjà. Je passais dans une rue, et j'ai vu un bout de trottoir défoncé. On avait fait un petit trou, quoi…

— Un petit trou…

Il ignora l'interruption d'Anne.

— Et alors j'ai pensé que c'était drôle. Depuis combien de temps Paris existe-t-il ? Depuis des siècles. Vous vous rendez compte ! Depuis des siècles, on a démoli, reconstruit, mis des pavés, du bitume, et re-pavés, et re-bitume… et vraiment, quand on regarde Paris, on se demande où est passée la terre ! La terre !

Anne hochait la tête, attentive. Pierre ne se démonta pas et poursuivit bravement.

— Eh bien, la terre était là ! A quelques centimètres seulement ! C'est fou, la terre, non ?

Il y eut un grand silence, pendant lequel on hochait toujours des têtes graves. Anne et Stéphane se regardèrent, l'œil frisant. Il se mit à chantonner tout bas, les dents serrées : « des p'tits trous, des p'tits trous, toujours des p'tits trous… » Il n'en fallait pas plus pour qu'ils se tordent de rire.

Pierre s'était renfoncé dans le canapé, et affectait de compter les mouches au plafond d'un air très anglais. Depuis le temps qu'il faisait des bides, il avait l'habitude ! Et puis, il aimait bien faire rire Anne, même à ses dépens. Il se défendit mollement :

– Oh, évidemment, vous ! A part le velours et les rubans de satin…

– Et la broderie anglaise !

La broderie anglaise faisait beaucoup rire Stéphane…

Le moment était idéal pour passer à table, Anne ne le loupa pas :

– Bon, si nous passions à table !

Ils se levèrent tous, les rires se firent décroissants, et ils se dirigèrent vers l'autre bout du living.

Stéphane, en passant, prit la main de Claude, et la tira pour la faire lever, mais Claude se fit lourde, sur son pouf, et refusa de venir à table comme d'habitude. On insista pourtant pendant deux minutes, pour la forme. Anne sur un mode plaintif :

– Ho ! Minoune ! Je suis sûre que tu n'as rien mangé à midi !

Puis ils s'assirent, légers.

En prenant un peu de recul pour avoir une vision d'ensemble de la pièce, on avait tout à coup une image incroyable. A droite, un coin très clair où des gens gais se préparaient à dîner joyeusement, dans un joli cliquetis de vaisselle, puis un grand vide de moquette, et l'on arrivait à une zone abandonnée, dans la pénombre, où une petite silhouette presque accroupie, tournée vers eux, les regardait. Le contraste était terrible, gênant.

Mais ces gens n'avaient pas l'air gênés.

On s'habitue à tout.

7

Une heure plus tard, le dîner était déjà bien avancé. Anne et Stéphane avaient commencé à parler de leur nouvelle collection. Pierre, qui n'avait jamais pu s'y retrouver – celle d'hiver ou d'été ? Mais non, voyons ! la collection d'automne –, s'était rabattu sur Bertrand pour discuter des problèmes de l'édition.

Il résultait du mélange des deux conversations un cocktail assez savoureux :

« … D'après les dernières statistiques… les volants, ça fait cucu… pas sur trois cents pages !… avec une pince en biais, d'accord… le papier glacé est inemployable… quoi ? avec du velours !… pour les couvertures, à la rigueur… pardon ?… non, je parlais à mon camarade. Je disais donc… et qui va porter du satin dans la journée !… les jeunes auteurs… »

C'était charmant.

Ce fut Pierre qui prit le dessus de la conversation, en parlant très fort d'un ouvrage qu'ils allaient publier d'ici peu.

Les deux autres, après une considération sur la qualité des patates, se mirent à l'écouter, et Pierre s'adressa à la table en général, en prenant soin de faire un résumé de ce qu'il avait dit précédemment pour les retardataires. Anne coupa d'un « Bon ! Et alors… ? » les préambules de Pierre qui menaçaient de s'étendre.

C'est drôle, quand même, cette manie de ne s'exprimer qu'en faisant des discours !

Elle se méfiait. Elle avait le souvenir de soirées où Pierre avait eu un effet quasi soporifique sur les invités.

— Quand je dis que ce type a écrit un livre sur le suicide, ça n'est pas tout à fait juste. En fait, il a écrit son idée sur un certain suicide. Et ça n'est pas une thèse, c'est vraiment un livre poétique. Il n'y a là-dedans aucun appel à l'aide. C'est ça qui est impressionnant : la tranquillité… Pour lui, le suicide, ou plutôt *son* suicide, n'a rien à voir avec un état de crise. Non, au contraire. C'est une idée qui fait son chemin calmement, qui coupe doucement certains petits ponts intérieurs et, un jour, le passage est fait. Sans qu'on s'en aperçoive, il est passé d'un état à un autre. Et la mort, *sa* mort, qui était jusque-là anormale et révoltante, est devenue un état naturel… On peut même très bien vivre comme ça ! Seulement, toutes les couleurs ont changé…

Tout à coup, Anne le coupa.

— Ah bon ? Il n'est pas mort ?

— Non. Quelle importance ?

— Après tout ça, il fait la java ?

Pierre prit une grande bouffée d'air et s'adressa à Stéphane, qu'il pensait un auditeur plus sage.

— Je l'ai rencontré, d'ailleurs. Il est peut-être fou, mais en très bonne santé. Je n'avais pas encore lu son bouquin, mais après coup, il m'a impressionné. Ce type qui trimbale sa mort, comme ça, comme une copine…

— Complètement bidon, laissa tomber Anne sans même le regarder.

Pierre se révolta, cette fois.

— C'est incroyable ! Elle ne l'a pas lu !

— Je n'ai pas besoin de le lire : il vit. Et comme on ne peut pas vivre sans instinct de conservation…

— Si. La preuve !

— Ben voyons !… Il a dû oublier de couper un pont !

Pierre eut un geste d'impuissance, un soupir, mais n'eut

pas le temps de s'exprimer plus longuement, car Anne, lancée, procédait à l'estocade :

— Et pas d'appel à l'aide ? Tu parles ! Il y en a qui écrivent des lettres pour annoncer qu'ils vont y passer. Lui, ça n'est pas des lettres, c'est un bouquin entier !

— Poil au nez…, fit Stéphane tout doucement.

Anne ne désarmait pas.

— Dès qu'on a un peu de santé, on vous prend pour un imbécile !

— Mais non, mais non…

— Mais si. Alors la santé pousse son cri de révolte : la mort me fait chier !… Quoi ? Qu'est-ce qu'il y a, toi ?

— Je voudrais le fromage, dit Stéphane toujours très doucement.

— Encore ! Dis donc, en parlant d'instinct de conservation !

— On fait cheu qu'on peut, répondit-il la bouche pleine.

Anne se servit au passage et se frotta les mains, ravie. Elle avait enrayé la catastrophe, ce n'était pas aujourd'hui que Pierre endormirait tout le monde.

— Bon ! Si on passait à un sujet plus gai ?

C'est alors qu'une petite voix s'éleva à l'autre bout du living :

— Je ne trouve pas ça triste…

Tout le monde se figea un instant, et toutes les têtes se tournèrent ensemble dans la direction de la petite voix.

Une intervention de Claude dans la discussion était rare. Anne, surtout, était restée interdite.

Pierre, tout joyeux que quelqu'un le soutienne, même si le soutien venait de loin, là-bas derrière, regroupa les esprits autour de la table :

— Vous savez que vous êtes terribles ! On ne peut pas discuter avec vous !

Mais Anne avait repris du poil de la bête.

— Dis-donc, tu as vu tes sujets de discussion ? Le suicide…

– Les petits trous chur les trottoirs…, renchérit Stéphane, toujours la bouche pleine.

Anne poursuivait sur sa lancée.

– Et qu'est-ce que je suis en train de faire, à ton avis ? Par contre, toi, tu ne sais pas discuter !

Pierre, incrédule, répéta mollement :

– Je ne sais pas discuter…

– Non. Tu sais faire des discours. Nuance ! Et, dès qu'on a le malheur de te couper dans ton élan, il n'y a plus personne ! Avoue-le : tu ne sais pas renvoyer la balle !

Pierre gardait un mutisme accablé.

– Mais, bon sang, renvoie-moi la balle ! Renvoie-la-moi !

– Ho ! Pierre ! Entraîne-toi !

Anne poussa un cri… Trop tard. Stéphane avait fait voler le camembert à travers la table, et Pierre, heureusement doué de réflexes rapides, l'avait bloqué de la main gauche.

– Mon camembert ! Je vous ai dit qu'il était trop fait ! s'écria Anne.

Stéphane avait mis une main devant sa bouche, presque rougissant :

– Mon Dieu ! C'est parti tout seul ! Je n'ai pas pu me retenir !

Pierre, toujours très anglais, débarrassait délicatement ses doigts de la crème qui était enroulée autour.

– C'est rien, mon vieux. Vous me faites une surprise… J'avais cru jusqu'à présent que je n'étais pas du tout le genre de type à qui on lance des fromages à la tête. Vous me rassurez…

Stéphane se tournait vers Anne, qui faisait de grands efforts pour paraître fâchée :

– C'est un fantasme ! J'avais rêvé toute ma vie de lancer un camembert à toute volée au cours d'un dîner… J'avais raison ! Quel pied !

Tandis que Pierre allait se laver les mains, Anne, après

diverses menaces et remontrances, priva Stéphane de dessert.

— Ça m'est égal, je mangerai les débris du camembert dans l'assiette du monsieur.

Le dîner se termina aussi gaiement. Stéphane mettait son bras replié devant sa figure, comme un gosse qui a peur d'être battu chaque fois qu'Anne faisait un geste, ou se tournait vers lui. Cela la fit beaucoup rire.

Puis ils rejoignirent Claude à la table basse pour boire un petit alcool, Claude toujours immobile...

Anne se rappela tout à coup qu'il fallait lui annoncer le fameux projet de travail. Il y avait une bataille à livrer, et cette pensée l'assombrit un peu. Heureusement, elle avait un moment de répit avant d'attaquer, le temps de boire un verre avec les autres.

Elle ne savait pas très bien pourquoi Claude avait pris un étrange ascendant sur elle. Elle ne cherchait pas trop à comprendre... Elle s'apercevait simplement que Claude provoquait chez elle des réactions qui n'étaient pas dans sa nature.

Avant, quand elle était plus jeune, en Bretagne, elle n'avait pas beaucoup prêté attention à cette petite sœur qui était partout derrière elle. Elle la trouvait sinistre et pas trop gênante, voilà tout.

Quand Anne était arrivée à Paris, sa vie avait été si remuante, si attachante, avec tous ces visages nouveaux, qu'elle avait carrément oublié la petite Claude. Et même, quand elle revenait souvent voir ses parents, au début, elle ne s'apercevait pratiquement pas de sa présence.

C'est plus tard, alors qu'elle n'allait plus en Bretagne que tous les mois, puis tous les deux mois, qu'elle avait commencé à voir Claude. Après une absence particulièrement longue, elle l'avait retrouvée brusquement grandie, changée. On change vite, à cet âge-là. Elle avait été frappée par Claude. Par ses yeux, surtout...

A Paris, elle s'était surprise à penser à elle. De temps en temps, par hasard, puis de plus en plus souvent.

Tiens ? Cette fille a les yeux de Claude… Cette silhouette me rappelle quelqu'un… Ah oui ! Claude.

Elle ne s'en apercevait pas, mais Claude prenait une place, une densité, dans sa tête, sinon dans sa vie.

C'était un envahissement subtil, progressif. Comme si Claude, ayant découvert une faille dans le regard d'Anne, une ouverture sur son rêve, s'était insinuée par ses yeux, glissée dans ses pensées. Elle s'installait déjà, à distance…

En la découvrant sur le trottoir, devant sa porte, un jour, Anne avait eu un véritable choc. Elle l'avait aperçue du bout de la rue, et s'était arrêtée sur place, n'en croyant pas ses yeux. En s'approchant, elle s'était rendue à l'évidence : ce n'était pas cette fois quelqu'un qui lui rappelait Claude, c'était elle. Et Claude dans cette rue, c'était incroyable, incongru, totalement absurde.

Elle l'avait toujours vue entourée de ses parents, des murs de la salle à manger, du jardin. En somme, elle faisait simplement partie de la maison, aussi indissociable d'elle que son père, sa mère, les arbres et la grille de l'entrée. Tout cela, c'était « là-bas ».

Cette petite silhouette noire, isolée de son décor, prenait tout à coup une force, une présence étonnante.

Anne, incapable de réagir ou de penser clairement, avait vu Claude monter les escaliers devant elle, entrer, s'avancer d'un pas hésitant sur la moquette blanche, et enfin se poser sur le bord du pouf.

D'instinct, elle avait choisi le siège le moins confortable, adapté à la situation, aussi peu à sa place dans ce salon qu'il est possible de l'être. Et Anne la regardait sans penser à la questionner. Prise au dépourvu, elle était en proie à un flottement inconnu.

Elle n'avait jamais imaginé que Claude pût être ici un jour ; et, maintenant qu'elle la voyait là, tache noire sur la moquette claire, sa surprise faisait place à un autre sentiment : une impression d'inéluctable. En cela, sans le savoir, elle rejoignait Claude. Et la sensation d'avoir face à elle une force tranquille, aussi obstinée dans son calme que les secondes qui s'écoulaient une à une dans le silence, ajoutait à cette paralysie de ses réactions.

Aurait-elle confié ce sentiment à Claude, que cette dernière serait sans doute tombée de son pouf sous le coup de la surprise ! Elle qui mourait de peur... Mais ni l'une ni l'autre n'ouvrit la bouche, et aujourd'hui encore leurs rapports sont basés sur ce malentendu. Et le silence.

Anne ne s'était pas étonnée que Claude voulût rester ici, puis ne s'était pas révoltée de sa présence continuelle, elle pourtant si indépendante. Elle avait tacitement accepté les liens que Claude nouait jour après jour, par la force des choses. Et, curieusement, Anne avait l'impression d'être redevable de quelque chose à Claude. Mais quoi ? Assurer à Claude le gîte et le couvert lui semblait-il peu payer un attachement si grand ?

Elle ne savait pas que Claude lui devenait peu à peu indispensable. Elle ne savait même pas qu'elle l'aimait – et Claude non plus...

Stéphane et Bertrand avaient sans doute senti Anne lointaine et préoccupée, malgré les efforts qu'elle avait faits pour le dissimuler, car ils étaient partis assez tôt.

Debout contre la fenêtre, elle avait légèrement écarté le voilage pour les regarder sortir de l'immeuble. Elle tournait ainsi le dos au futur champ de bataille... Elle les vit déboucher sur le trottoir en courant, joyeux : Stéphane essaya de mordre Bertrand dans le cou. Après une courte et tendre lutte, ils poursuivirent leur chemin bras dessus bras dessous.

Elle sourit, derrière ses rideaux, amusée de les avoir surpris, eux qui ne se permettaient jamais aucun geste intime, même chez elle, où ils étaient pourtant si familiers.

Derrière elle, Pierre et Claude avaient une petite conversation, qu'elle écoutait d'une oreille distraite. Il y était question de livres, comme d'habitude. Car Claude lisait. On ne savait pas ce qui lui en restait, elle était tout aussi réservée sur ce sujet que sur les autres, mais, au moins, ça l'occupait.

Anne buta mentalement sur cette réflexion qui la ramenait précisément sur le point délicat… Pierre n'aurait pas été présent, elle aurait remis la chose à demain, mais là, elle était coincée !

– Décidément, il est gentil, Stéphane.

– Hein ?

– Je dis : il est gentil, Stéphane.

Ça y était. Il avait trouvé le moyen de la dénicher de sa place dans les rideaux, à l'abri.

– Ça, on le sait, qu'il est gentil, dit-elle en s'approchant doucement de la table.

Pierre se réjouissait à l'avance de voir Anne mener un assaut, secrètement satisfait de la voir désarmée.

Il lui fit un petit signe de tête dans le style « c'est parti ? ». Anne haussa les épaules, alluma une cigarette, regarda Claude penchée sur un livre, et lui lança un « tu veux boire quelque chose ? » un tantinet mondain.

Claude, surprise, leva les yeux un instant.

– Moi ? Non.

Puis elle se replongea dans son livre.

Anne fumait, debout, le regard dans le vague. Pierre l'observait, le sourire dans l'œil. Un grand moment passa, uniquement meublé du froissement des pages que Claude tournait, et du léger bruit mouillé que faisait Anne en aspirant une nouvelle bouffée.

Pierre lui dit, doucereux :

– Toi, par contre, tu aurais peut-être besoin d'un petit cognac ?

Il récolta un regard froid.

Elle mit tout à coup la main sous la cendre de sa cigarette, qui menaçait de tomber, et s'en alla à la recherche d'un cendrier, à l'autre bout du living.

Pierre, impitoyable, poussa légèrement celui qui trônait sur la table basse, énorme.

— Tu en avais un, là…

Anne pivota sur elle-même, brusquement ragaillardie. Il n'allait pas se moquer d'elle longtemps, avec ce petit sourire insupportable ! Il l'aidait sans le savoir, réveillant sa combativité.

— Au fait, Claude !… On a peut-être un projet pour toi.

Claude s'était tournée vers Anne, et la regardait s'approcher lentement.

— Voilà… heu… Ça serait un… un travail agréable. Enfin ! Ce n'est pas spécialement un travail, d'ailleurs ! ajouta-t-elle prudemment.

Claude avait l'œil clair, surpris. Un ange…

— Ah bon ?

— Oui… Je ne suis pas très au courant, c'est Pierre qui… Tiens ! Pierre ! Explique-lui.

Elle ramassa les verres à alcool qui étaient restés là – quelle chance ! – et s'en alla dans la cuisine en lui décochant un petit sourire triomphant. Le plus dur était fait.

Appuyée près de la porte de la cuisine, de l'autre côté du mur, elle écoutait Pierre se débrouiller.

— … C'est dans un journal… des gens sympathiques… et tu ne seras pas enfermée… Tu comprends, ça va, ça vient… tu peux venir dans la tenue que tu veux, même comme ça !… le type est très gentil… d'ailleurs, c'est un ami !

Anne gardait un demi-sourire en l'écoutant, puis, lorsqu'elle jugea le travail bien avancé, elle revint vers eux.

— Tu oublies le plus important : ce n'est pas toute la journée, mais l'après-midi seulement. Tu pourras toujours te balader, voir tes amis… si tu en as.

Claude était restée immobile, sans qu'on puisse lire ce qui se passait en elle. Elle n'avait pas trop l'air bloquée, mais son visage était tout à coup et véritablement très enfant.

— Ça serait bien, hein ? ajouta Anne.

Claude fit un minuscule signe de tête qui, à la rigueur, pouvait être pris pour un « oui ».

— Ça vaut le coup d'essayer, en tout cas, non ?

Claude avait l'air d'un bébé, maintenant, et une angoisse perça dans sa voix.

— Mais… qu'est-ce que j'aurai à faire ?

— Oh, pas des trucs compliqués ! Je ne sais pas moi…

Elle se tourna vers Pierre pour qu'il se charge des précisions.

— Heu… Faire des courses, porter des lettres… Tu vois ?

Claude ne répondit pas, la peur au fond des yeux, et baissa la tête. Anne, toujours optimiste, voulut prendre cela pour un acquiescement et ajouta un dernier argument rassurant :

— Et puis si tu n'as pas envie de parler à des gens, eh bien, tu ne parles pas ! C'est tout.

Claude ne bougeait toujours pas, les cheveux devant le nez.

Anne regarda rapidement Pierre et décida de couper court. Elle sentait que la petite peur de Claude pourrait bien devenir une grande panique, et la situation s'enliser.

— Bon ! C'est pas la peine d'en faire une histoire. Pierre t'expliquera demain où tu as rendez-vous et…

— Il faut que je voie quelqu'un ?

La réaction de Claude fut si rapide, si affolée, qu'ils en restèrent tous deux interdits.

— Évidemment… Mais puisque c'est un ami, prononça Anne doucement, comme à une enfant, ou une malade.

Puis elle secoua toutes ces choses confuses qui se baladaient dans l'atmosphère.

— On va se coucher, hein ? Je suis crevée, moi. Stéphane dans la journée et le soir, c'est trop pour une seule femme !

— Tu devrais faire attention à ce que tu dis.

– Ho ! C'est malin, ça ! Bonsoir, ma puce, tu devrais dormir. Tu as vraiment une petite mine, tu sais.

Elle embrassa Claude très gentiment, penchée sur son dos, les bras autour des épaules courbées, cherchant une joue entre les cheveux fous. Pierre, lui, déposa une petite bise sur le haut du crâne.

Anne, qui avait rapidement dégagé vers la chambre, passa la tête par l'embrasure de la porte.

– Tu éteins les lumières, hein ?… Allez. Va dormir.

Elle s'était faite un peu gamine, comme chaque fois qu'elle espérait séduire sa sœur.

Et la porte se referma sur ceux qui vivaient sans douleur.

Claude resta immobile, le dos rond, et les bruits de voix qui lui parvenaient à travers la cloison ajoutaient à sa solitude. Assourdies par le mur, elles sonnaient si intimes, ces voix.

Elle se sentait toute petite, dans cette grande pièce déserte où il ne restait rien de la gaieté qui l'habitait tout à l'heure. Mais elle était habituée à cela. Sa vie était un désert dès que les autres la quittaient et, quand ils étaient là, une zone de silence et de vide l'entourait toujours, l'empêchait de les toucher.

Elle frissonna un peu quand lui parvint un rire d'Anne, un rire léger, en cascade. Et elle crut que l'on se moquait d'elle, de l'autre côté.

Blessée, elle se leva, fit le noir dans la pièce et se dirigea vers sa chambre sans bruit.

Ce n'était pas d'elle que l'on riait, de l'autre côté du mur.

Anne se déshabillait en regardant Pierre d'un œil mi-noir mi-rieur. Il lui préparait un coin de lit douillet, tapotait les couvertures, l'oreiller, mettait un coussin supplémentaire pour qu'elle repose bien sa tête, s'affairait à petits pas.

– Hooo !… ho ! la la !… C'est qu'elle est fatiguée, la dame… Hoo ! Oui… Mon Dieu, que c'est dur, tout ça !

Anne lui lança une chaussure, en riant.

Décidément, remarqua-t-il, entre le fromage et les chaussures, je suis la cible du jour !

En somme, ils faisaient joujou.

8

La « petite » avait rendez-vous avec Michaud deux jours plus tard, à six heures. On la laissa tranquille pendant ces deux jours.

L'ambiance de la maison était au beau fixe. Anne chantonnait dans tous les coins, et même le soleil se mettait de la partie. Enfin, tout baignait dans l'huile.

Anne faisait toujours le trajet maison-atelier à pied, guillerette.

Elle avait une voiture, mais ça devait bien faire quatre ou cinq mois qu'elle n'était pas sortie du garage. Une jolie petite auto qu'elle avait achetée sur un coup de foudre – comme tout le reste – et dont Pierre disait qu'elle faisait un peu « voiture de femme entretenue ». Ce n'était pas pour cela qu'Anne la délaissait, mais parce qu'elle entendait ne pas s'esquinter le tempérament dans les embouteillages et les problèmes de parking. Neuf contraventions dans la même journée, au début… Elle avait prétendu que ces cochons avaient faussé ses essuie-glaces à force de coller des piles de papier dessous. L'adorable chose dormait donc dans les sous-sols.

Et, pour les sorties plus lointaines, Pierre était un excellent chauffeur…

A l'atelier, le lendemain matin, il y avait une atmosphère de travail joyeux, en liberté, qui lui rappelait les heures d'étude de son enfance, quand le prof ou la pionne n'était pas là.

La table de travail d'Anne était devant la fenêtre. Elle recevait ainsi la lumière et le soleil dans le dos, et faisait face à toute la pièce.

Plus loin, il y avait la grande table d'exécution, avec les dix ouvrières incolores supervisées par Mme Marguerite, toute en rondeurs sous ses cheveux gris.

Mme Marguerite était chez elle dans cet atelier bien avant le règne d'Anne et de Stéphane, presque depuis l'ouverture de la maison. Plus de vingt-cinq ans de bons et loyaux services « à l'ancienne ». Elle arrivait tous les matins à l'heure, sans une minute d'avance ni de retard, pour surveiller son petit monde avec des airs de vieille gouvernante. Si elle avait osé, elle aurait rendu obligatoire ici le port du chignon et des cols fermés. Ne pouvant imposer ses vues, surtout depuis que ces deux fous étaient entrés dans la maison, elle se rabattait sur le choix des ouvrières, dont elle était chargée. Elle prenait grand soin qu'elles fussent le plus ternes possible.

Par ailleurs, Mme Marguerite, tyran autour de la grande table, était le souffre-douleur, le joujou, la balle de ping-pong d'Anne et de Stéphane. Ils la houspillaient, l'affolaient pour des riens, riant de la voir prendre la moindre chose au tragique et courir de tous côtés en faisant sauter le plancher à chaque pas. Mais ils avaient beaucoup de tendresse pour elle, et avouaient franchement que, si Marguerite n'était pas là, cet atelier serait un beau foutoir. En période de collection, surtout, elle donnait sa pleine mesure, prenait son essor, se gonflait comme un chef d'orchestre. Elle était su-per-be !

Mais l'affolement ne se déclencherait pas avant trois ou quatre semaines et, pour l'instant, un calme bien-être emplissait l'atelier.

L'antique radio marchait à tue-tête, perchée sur un rayonnage, presque au plafond. On ne savait pas pourquoi elle était juchée là-haut, ni qui l'y avait mise. On se contentait de monter sur une chaise pour l'ouvrir, sans penser à la déplacer.

Anne avait une « bonne patte », ce matin, elle pondait des croquis à tour de bras. Ils s'éparpillaient autour d'elle, sur la table, par terre. Parfois, elle épinglait un échantillon de tissu sur l'un d'eux et, dans cette mer de papiers, elle chantait. Pas les airs qu'elle entendait à la radio, non, surtout pas ! Il suffisait de chanter une chanson quelconque à côté d'elle pour lui donner instantanément l'envie de chanter autre chose en même temps. Il y a des gens comme ça… Stéphane en bondissait de rage, mais, pour l'instant, il était trop occupé pour s'en apercevoir.

Il faisait l'inventaire des merveilles qui s'étageaient sur tout le mur du fond. La soie d'un côté, les lainages, au milieu, le velours là-haut – Stéphane avait horreur du velours, il espérait qu'Anne le dénicherait moins facilement.

D'habitude, elle l'aidait, car elle adorait les tissus. Elle aimait les toucher, les contempler, et restait là, parfois longtemps, à les caresser. Mais aujourd'hui, Madame était folle de son crayon !

C'est bien ma veine, pensait Stéphane, rouge, les manches relevées, attrapant les rouleaux à bras-le-corps.

Bon sang, que c'est lourd ! Et dire qu'on en fait des robes qui pèsent une plume !

Il dénicha un rouleau qui s'était coincé derrière les autres et le leva à bout de bras pour le montrer à Anne, en criant pour qu'elle l'entende malgré la radio :

– Anne ! Qu'est-ce que tu en penses ? Pour la jupe du manteau aubergine ?

Elle leva la tête d'un croquis qu'elle était en train de fignoler particulièrement, et regarda le tissu d'un œil critique :

– Et tu vas me faire du biais là-dedans ? Ça ne sera pas une jupe, ça sera un parachute.

Elle repartit dans son dessin, et sourit en l'entendant râler dans ses rouleaux.

Un peu plus tard, il décida de s'accorder une pause, et vint s'accouder à la table d'Anne. Il aimait bien la regarder dessiner. Les croquis d'Anne avaient plus de souplesse que les siens. C'est mystérieux, un coup de crayon, et il cherchait, en la regardant faire, d'où venait cette harmonie – sans résultat. Il ne pouvait que la voir naître sous ses doigts.

— Dis donc cocotte… C'est pas bête, ce que tu fais là.

— Bête ? C'est sublime… d'ailleurs, c'est pour moi.

— Je me disais aussi…

— Tu vas la prendre, ta baffe.

Elle continuait son œuvre. C'était très joli, ce grand décolleté dans le dos, mais il était préférable, effectivement, que ce soit Anne qui le porte plutôt que les clientes ! Impossibles à habiller, ces bonnes femmes. Ou c'était trop gros, ou c'était trop maigre, soit ça débordait de partout, soit ça flottait dans un fourreau. Ils y arrivaient, pourtant, mais au prix de quels efforts !

Le dessin terminé, il le contempla quelques instants, et posa délicatement un doigt juste au bas du décolleté.

— P'tê't qu'une p'tite plume, là…

Anne lui arracha le papier de dessous son doigt, comme s'il pouvait le brûler, et courut l'épingler sur le mur.

— Madame Marguerite ? Ce que je vous mets là, c'est une exclusivité… urgente !

Elle fit trois petits tours de danse en chantant « Ah ! je ris de me voir si belle ! » tandis que Claude François s'escrimait à la radio.

A la voir déplacer tant d'air, Stéphane se sentait encore plus fatigué.

— Tu as trouvé l'homme de ta vie ?

— Non. Mais j'ai un souci en moins : Claude a trouvé un boulot formidable !

— Claude ?

— Enfin… Pierre lui a déniché un travail qui n'en est pas un.

— Je me disais aussi… Et, elle y est, là ?

— Ah non, mais bientôt ! Je suis contente ! Contente !

Stéphane ne dit rien, gardant pour lui ses doutes sur le succès de l'entreprise. Il se demandait parfois comment Anne, par ailleurs si intelligente, pouvait avoir une telle faculté de se mettre la tête sous l'aile. Dans un sens, il pouvait le comprendre, lui-même était très fort à ce jeu-là, mais il s'en rendait compte au moins. Anne n'en avait pas l'air. Il la voyait légère, optimiste, totalement aveugle à partir du moment où ça l'arrangeait.

La journée se termina aussi joyeusement qu'elle avait commencé. Stéphane et Bertrand viendraient dîner ce soir encore. Tant mieux, cela permettrait de ne pas aborder de nouveau la question du futur travail de Claude.

Rien ne troublait donc la tranquillité d'Anne et elle flâna un peu en rentrant.

Tout à coup, elle remarqua une vitrine.

Tiens ! De jolis pulls…

Elle s'arrêta un peu au-delà, et revint sur ses pas. Une idée commençait à germer en elle. Elle entra.

La vendeuse lui proposa plusieurs modèles. Elle écarta les couleurs violentes, les décolletés, et prit en main un col roulé d'une couleur tendre – un joli vert d'eau. Elle le mit machinalement devant elle. La vendeuse lui fit un compliment très commercial.

— Non, non, dit Anne, ce n'est pas pour moi, c'est pour ma sœur.

Elle avait soudain envie de lui faire plaisir, de lui donner quelque chose, n'importe quoi. Sans doute pour la remercier d'avoir rendu la fin de soirée d'hier plus facile que prévu. Pas de scène, pas de ton qui monte, décidément, elle était pleine de bonne volonté, cette petite ! Alors, quoi de plus naturel que de lui offrir quelque chose. Mais quoi ?

Il est vrai qu'Anne avait choisi ce cadeau suivant ses

propres goûts, et que ce pull lui alla mieux à elle qu'à Claude, c'était indéniable… Elle chassa cette petite pensée, et se persuada très fort de sa bonne foi. A sa connaissance, la « petite » n'avait de goût pour rien de précis, pourquoi ne pas lui offrir ça plutôt qu'autre chose ? C'est l'intention qui compte. Et comme, tout au fond d'elle-même, Anne était sûre que Claude ne mettrait jamais ce pull, il valait mieux qu'il aille à quelqu'un au lieu de le laisser dormir dans un placard ! Logique.

Mais, pour l'instant, c'était bien à Claude que ce pull était destiné, et Anne, en le payant, avait d'attendrissantes pensées :

Voyons, est-ce que je lui offre tout de suite, en rentrant ? Non. Tiens ? Je le mettrai sur son lit ce soir, sans rien dire… Ou plus tard, quand elle reviendra du rendez-vous avec Michaud ? A moins qu'elle ne le mette pour y aller, elle serait moins tarte !

Elle remit la décision à plus tard et sortit du magasin avec le paquet dans les bras, serré contre elle, comme si l'objet était précieux. Elle pressa le pas. Elle avait envie de rentrer vite, maintenant.

La soirée passa aussi rapidement que la journée, et pas un mot ne fut prononcé à propos du fameux rendez-vous. Il fut d'autant plus facile de ne pas en parler que Claude était partie très tôt dans sa chambre. Anne garda momentanément son cadeau sur les bras. Le paquet traînait dans le living, et elle avait attendu la fin du repas pour le porter sur le lit de Claude. C'était raté. Le plat principal n'était pas terminé quand on s'aperçut qu'elle avait déserté la pièce. Le pouf restait seul, un peu écrasé. Sans doute Claude avait-elle redouté, elle aussi, qu'on ne revînt sur le sujet.

Le lendemain matin, on lui rappela simplement l'heure et le lieu. Anne laissa vingt francs sur la table pour qu'elle prît un taxi – il fallait bien la ménager, cette enfant – et partit travailler le cœur léger.

On n'avait plus qu'à attendre le résultat.

Anne fit encore beaucoup de bruit et déplaça beaucoup d'air autour d'elle, sans s'apercevoir que Stéphane se taisait prudemment et se tenait à l'écart de ses débordements de joie.

De son côté, Claude passa deux jours épouvantables.

D'abord, on l'avait prise au dépourvu. Depuis plusieurs mois, il n'était plus question de cours, d'examens, ou de travail quelconque ; et, après l'avoir tant secouée, on la laissait enfin tranquille, toute à ses rêves. A ses peurs, aussi... Mais celles-ci n'avaient pas de forme précise, tandis que tous ces gens devant qui on l'avait plantée la paralysaient. Et il fallait maintenant qu'elle voie quelqu'un d'autre. Il allait même falloir lui plaire ! Elle en étouffait à l'avance.

Elle ne s'était pas attendue à cela, hier. La soirée lui avait été douce. Elle était bien, dans son coin, et s'apprêtait à aller lire sur son lit. Au lieu de cela...

Deux larmes qui ne se décidaient pas à couler depuis hier soir lui piquèrent les yeux. Son père avait toujours dit qu'elle « pleurait sec ».

Dire qu'elle avait hésité à partir dans sa chambre dès qu'ils avaient fini de dîner ! Elle s'en était voulu presque toute la nuit, avec ces larmes qui ne voulaient pas couler. Et les autres, derrière la porte, qui riaient.

Pourquoi voulait-on à tout prix qu'elle ait un métier ? Qu'est-ce que ça veut dire, un métier ! Donner un sens à sa vie, comme on dit dans les mauvais livres ? C'était ridicule. Sa vie n'avait aucun sens, et ce n'était pas ça qui lui en donnerait.

Alors, quoi ? On voulait qu'elle gagne de l'argent ?

Mais Anne en a, de l'argent ! Je ne lui coûte presque rien, et puis elle s'en fout !

Claude ne savait pas ce que c'était que l'argent. Elle

n'en avait jamais eu besoin, et n'avait jamais rêvé d'en posséder beaucoup – cela, c'était l'affaire des autres. La seule valeur qu'elle y attachait était sentimentale. Qu'on lui donne cinq ou cinquante francs faisait peu de différence, l'important était qu'on les lui donne.

Pourtant, le plus souvent, elle préférait les prendre… Mais pas à n'importe qui : à une personne qu'elle aimait. Sinon, elle n'en aurait pas eu l'idée.

Elle le faisait rarement et, chaque fois, elle avait le cœur battant pendant un long moment.

Elle le gardait précieusement pendant quelques jours, puis le donnait, à n'importe qui, place Saint-Michel. D'abord, elle offrait des « pots », s'achetant ainsi des présences auprès d'elle, autour d'elle ; puis, le reste, elle le laissait à celui qu'elle avait trouvé le plus gentil, c'est-à-dire celui qui avait été le plus proche. Mais que cet argent vînt d'Anne était très important. Cela lui donnait une valeur, par le peu d'elle qui y restait attaché. L'argent des autres, vraiment, ce n'était rien !

Alors, à quoi un métier pouvait-il lui servir ?

Elle aurait bien voulu faire plaisir à Anne, puisqu'elle avait l'air de trouver cela si important, mais elle ne pouvait pas. Était-ce si dur à comprendre ?

Je ne peux pas ! J'ai peur…

Parfois, Anne avait remarqué ces disparitions d'argent. Elle n'y avait pas prêté grande attention. Si Claude était à la maison au moment où Anne s'en apercevait, elle restait impassible. Elle ne se sentait fautive de rien : un papier avait disparu, qui n'existait déjà plus, c'était tout.

Un jour que Claude était dehors, Pierre, n'y tenant plus, avait tenté d'ouvrir les yeux à Anne.

Ils allaient sortir tous les deux, quand il l'avait vue fouiller partout dans son sac.

– Je ne suis pas folle ! J'avais bien un billet de cinquante francs, hier soir !

Depuis cinq minutes, il attendait, près de la porte ouverte, qu'elle voulût bien se rendre à l'évidence. Au lieu de cela, elle s'obstinait, courait dans tous les sens, ouvrait tous les sacs de la maison, regardait si la doublure de celui-là n'était pas décousue ; et, pendant ce temps, Pierre restait dans les courants d'air. Il décida d'intervenir :

— Anne… Ce n'est pas la première fois.

Il avait dit cela très doucement, en insistant bien sur les mots, et il vit dans ses yeux qu'elle avait compris.

Avant de dire quoi que ce soit, elle remit lentement le porte-monnaie dans son sac, le visage fermé.

— Mais enfin, pourquoi ? Pourquoi elle fait ça ? Je ne la laisse pas sans rien, quand même ! Je lui en donne, si elle m'en demande.

— Comme ça, elle n'a pas besoin de te le demander.

Il tenta de l'entraîner dehors.

— Elle n'a pas besoin de me le demander ! C'est moi qui…

— Oh ! écoute ! C'est simple, non ?

Il la prit par le bras pour lui faire passer la porte, sinon elle serait restée là, sur place, comme butée sur un obstacle.

Il ne fut plus jamais question de cela. Pierre supposait que les disparitions continuaient, mais Anne se taisait, maintenant.

Pierre n'attachait à l'argent ni le côté sentimental de Claude, ni l'insouciance d'Anne. Pour lui, l'argent était sacré dans la mesure où on l'avait gagné. C'était clair. Il n'admettait pas qu'on le jette par les fenêtres, et encore moins qu'on prenne celui des autres.

Il avait tout de suite compris que Claude était responsable des manques soudains dans le porte-monnaie d'Anne, et quand, les fois précédentes, il la voyait rester là sans se troubler, avec son fin petit visage imperturbable, il s'était plutôt senti porté vers le coup de pied quelque part que vers la compréhension de ses états d'âme – il les condamnait à l'avance.

Mais Claude était loin de tout cela. Elle tournait en rond dans sa tête, douloureusement. Elle ne comprenait pas pourquoi Anne la tourmentait ainsi, pourquoi elle voulait la pousser dehors à tout prix… Elle trébucha sur cette pensée. Elle avait trouvé !

Ce travail, ce n'était pas pour donner un sens à sa vie, ce n'était pas pour l'argent non plus, c'était tout simplement qu'Anne ne voulait plus d'elle à la maison, qu'elle cherchait à se débarrasser d'elle. Elle plongea dans cette idée, et s'y noya longtemps.

Au matin du jour fatidique, elle était épuisée. Elle avait même tenté de se poser des questions, honnêtement : Qu'est-ce que je veux ? Qu'est-ce que je cherche ? Elle n'avait trouvé aucune réponse.

Et si je voulais faire quelque chose, pensait-elle, Anne le ferait mieux que moi ! Elle a toujours tout fait mieux que moi. Ça n'est même pas la peine que j'essaie…

Elle ne savait pas que c'était de l'orgueil, et repartait dans son labyrinthe.

Elle cherchait fiévreusement une issue. Elle sentait que ce serait plus grave que d'habitude, et qu'elle ne passerait pas au travers aussi impunément que les autres fois. Quelque chose d'important se jouait. Et le fait d'avoir peu de temps devant elle ajoutait à son affolement.

Elle n'avait presque pas dormi, et deux heures de sommeil agité l'avaient laissée plus déroutée et douloureuse encore. Il allait bien falloir pourtant que cette journée eût un aboutissement quelconque !

En attendant le moment crucial, elle tournait et retournait dans sa tête ses peurs et ses désirs, et tout aboutissait à Anne, toujours.

Elle trouva une seule réponse dérisoire à ce qu'elle cherchait. Elle se la dit en hésitant :

« Je crois… je crois que je voudrais qu'elle m'aime. Mais elle n'a pas le temps. »

Elle replongea dans cette pensée et, prostrée, elle attendit la fin du jour, les vingt francs du taxi pesant très lourd dans sa poche.

9

Au soir de ce jour qui devait être mémorable – mais pas précisément dans le sens espéré – Anne était rentrée avec une bouteille de champagne sous le bras.

Après avoir mis la bouteille au réfrigérateur, elle avait sorti le paquet-cadeau qu'en attendant elle avait posé dans son propre placard. Déjà…

Quand Pierre était arrivé, elle lui avait montré joyeusement ses préparatifs, enchantée de faire de cette soirée une fête. Il mit le nez dans le réfrigérateur, comme on le lui demandait, fit sagement un « m-mum » d'approbation discret devant la bouteille, et reluqua le paquet avec un air mi-figue, mi-raisin.

Anne parut choquée de ce manque d'enthousiasme.

– Qu'est-ce que tu as à faire une tête pareille ? Tu as encore des ennuis ?

– Non, non, fit-il mollement.

Il s'abstint de lui dire qu'il valait peut-être mieux attendre l'arrivée du petit monstre avant de sauter au plafond d'allégresse.

Il laissa Anne jubiler toute seule, et se servit un whisky, prudemment à l'écart.

Il eut tout le temps de siroter lentement celui-là, de s'en servir un deuxième, puis un troisième… Le monstre ne rentrait pas.

Anne continuait à virevolter sans paraître s'apercevoir que l'heure du rendez-vous avec Michaud passait, était passée, puis était passée depuis longtemps, et depuis très longtemps maintenant car la nuit tombait.

Pierre le lui fit remarquer doucement, en essayant de ne pas trop mettre de sous-entendus dans l'intonation.

— On pourrait peut-être commencer à dîner, non ? Remarque, je dis ça, moi…

— Ah bon ?

Il lui désigna d'un petit geste du menton le réveil qui marquait huit heures et demie.

— Déjà ! fit-elle d'une voix incrédule.

Un début d'énervement naissait au creux de l'estomac de Pierre, et il lui semblait bien que ce n'était pas la faim qui en était responsable… Il tenta de le calmer avec la dernière gorgée de whisky qui restait dans son verre, mais l'énervement s'accrut avec la petite brûlure, et il souhaita brusquement être ailleurs.

Néanmoins, il avait réussi à refroidir l'enthousiasme d'Anne – il ne l'entendait plus chanter dans la cuisine. Le silence régnait, là-bas. C'était moins agaçant.

Ils se retrouvèrent silencieusement autour de la table, et se mirent à manger avec les bruits de fourchettes pour seule conversation. Mais, bientôt, Anne trouva le moyen d'être plus exaspérante encore : se tournant sans arrêt vers le réveil, elle le regardait avec des yeux ronds, puis se retournait vers Pierre avec l'œil encore plus rond, incrédule. Il pensa qu'elle avait, dans sa fuite devant l'évidence, l'expression la plus stupide qui soit – l'œil de la poule…

Elle recommençait à manger, puis reprenait son petit manège.

— Mais qu'est-ce qu'elle fait ? Il ne l'a pas emmenée dîner, quand même…

L'idée lui tira un ricanement intérieur, mais Pierre se retint de dire que c'était bien la dernière chose qu'on avait envie de faire avec ce mollusque apathique. Des claques, oui ! Ça, à la rigueur, on pouvait en avoir envie. Mais dîner ! Michaud eût sans doute préféré jeûner pendant plusieurs jours plutôt que se retrouver à une table face à Claude.

Cette idée le divertit quelques instants et lui permit de ne pas s'apercevoir qu'Anne avait encore tourné trois fois ses stupides yeux ronds en direction de ce pauvre réveil. Malheureusement, s'il réussissait à ne pas voir ses mimiques, il ne pouvait pas se boucher les oreilles.

— Mais enfin, à quelle heure avait-elle rendez-vous ?

— A six heures, voyons ! Tu le sais bien !

Il avait parlé fort, presque méchamment. Mais Anne ne sembla pas l'avoir pris dans ce sens, car elle continuait, imperturbable :

— Tu te rends compte ? Il est neuf heures…

Il la détesta un instant.

L'heure passait toujours. Anne s'abstenait maintenant de faire des commentaires, et le silence n'était meublé que des petits bruits bêtes que font les gens en mangeant.

Tout à coup, l'événement tant attendu arriva enfin : il y eut un bruit de clé dans la serrure, et plus aucun cliquetis de fourchettes ou de couteaux dans le living. Tout était suspendu.

La porte d'entrée s'ouvrit, et mit un temps énorme à se refermer. Tout cela ne sonnait pas particulièrement triomphant.

Sans mot dire, Anne et Pierre, tournés vers la porte, attendaient que Claude fasse son entrée. Elle la fit enfin, pâle, deux grands cernes sous les yeux, sans les regarder.

— Ah, te voilà ! Neuf heures et demie, dis donc !… Alors ?

Claude passa près de la table sans répondre, la moue tombante, et se dirigea vers son pouf à petits pas traînants.

Anne, stupéfaite, suivait du regard la silhouette accablée.

— Alors ? Comment ça s'est passé ?

Elle n'obtint pas plus de réponse, et vit Claude, qui leur tournait le dos, se pencher lentement sur la table basse pour prendre une cigarette.

Une bouffée de chaleur monta au visage d'Anne devant une provocation si évidente. Elle prononça entre ses dents, si bas que Pierre l'entendit à peine :

— Elle se fout de moi, ma parole…

Elle lança plus fort, d'une voix sèche :

— Tu me réponds, oui ou merde !

Claude s'octroya un grand temps supplémentaire, et regarda Anne droit dans les yeux pour lui dire, avec un sang-froid remarquable :

— Ça ne s'est pas passé du tout, parce que je n'y suis pas allée.

Il se fit soudain un silence épais.

Claude se laissa tomber un peu de biais sur son pouf.

Elle était à peine assise qu'un bruit sec de vaisselle la fit sursauter. Anne avait brusquement repoussé son assiette, si violemment qu'elle avait cassé son verre.

— Merde, alors !

Elle envoya valser une fourchette pour faire bonne mesure.

— Merde ! C'est pas vrai !

Elle restait là, à respirer très fort, regardant fixement les débris du verre sur la table. On aurait pu croire que c'était à lui qu'elle en voulait. Et elle aurait pu casser bien d'autres choses, avec une tête pareille, ou bien renverser la table, ou fondre en larmes – c'était à mi-chemin.

Pierre la regarda, l'œil froid, se leva avec des gestes mesurés qui attestaient de son calme, et s'en fut prendre un journal, la réprobation au coin de la bouche.

Il se sentait tout à coup très « visiteur »…

Ce n'était pas la peine de tant insister pour qu'il le reste, de lui faire si souvent sentir qu'il n'était pas ici chez lui, pour ensuite lui imposer des scènes de famille dont il se serait bien passé.

Un peu de tenue, s'il vous plaît ! C'était à peu près ce que voulait dire le bruit du journal qu'il dépliait sèchement.

Claude était restée mal assise, le souffle suspendu, immobile, butée, encore plus pâle qu'à l'arrivée. La cigarette qu'elle n'avait pas allumée tremblait entre ses doigts.

La voix d'Anne, aussi, tremblait. Anne toujours concentrée sur la table et sa rage :

— Je n'en peux plus, moi ! J'en ai marre !

Puis elle se mit à débarrasser la table avec des gestes rageurs. Elle devait se défouler, en faisant tant de bruit.

Elle se tourna enfin vers Claude, et libéra sa colère envers elle, entrecoupant ses invectives d'allers et retours à la cuisine :

— Ah non ! Je ne peux plus, moi !… On me prend vraiment pour une conne !

Un voyage à la cuisine.

— … Ça me dépasse ! Vivre pour emmerder le monde !

Un autre voyage.

— … Vas-tu comprendre, un jour, que ce n'est pas possible de végéter comme un parasite et de prendre tout le monde pour des imbéciles ? Moi, j'en ai marre…

Elle s'en alla faire un énorme bruit dans l'évier.

Pierre, lui, aurait été bien en peine de dire ce qu'il lisait si attentivement. Son journal lui servait surtout d'écran protecteur, et il se gardait fermement abrité. Il lui montait une envie grandissante d'indépendance…

Anne était revenue se planter devant Claude.

— … Je n'ai pas la vocation de garde-malade ! Ah non ! Les infirmes, moi, ça me fait chier !

Elle allait faire une nouvelle sortie vers la cuisine quand Claude, livide, se leva brusquement et se dirigea vers la porte. Anne lui agrippa le bras au passage.

— Reste ici !

Mais Claude se dégagea avec une bizarre petite grimace, comme si elle allait pleurer, et courut vers l'entrée.

— Mais reste ici, bon sang !

La porte claqua, et une course décroissante résonna dans l'escalier. Anne grommela quelque chose entre ses dents et s'en fut porter à la cuisine ce qui lui restait dans la main.

Pierre avait baissé son journal dès le mot « infirme ». Il était resté interdit, giflé par ce mot, presque aussi violemment que l'avait été Claude. C'était peut-être par la manière avec laquelle il avait été dit. Il n'aurait jamais cru Anne capable d'une telle dureté.

Elle s'éternisait dans la cuisine. Il l'y laissa, soulagé d'être seul quelques instants. Elle pourrait toujours lui en parler, maintenant, de son horreur du ton qui monte !

Son journal ne lui servant plus à rien, il le rejeta avec humeur.

Quelle stupidité de se mettre dans un état pareil après avoir passé deux jours à être si bêtement optimiste ! Une parfaite autruche !

Il s'échauffait à son tour, à retardement et en silence.

Elle devait le prévoir, non ? Elle le savait, que ça ne marcherait pas ! On ne peut pas être aussi bête ! A moins que…

Une pensée vint soudain se greffer sur sa colère muette :

… A moins que ces deux jours d'insouciance aveugle n'aient servi qu'à monter en épingle une réaction comme celle-ci, une explosion. Mais oui ! Aurait-elle été plus clairvoyante, aurait-elle prévu l'échec, que sa violence en eût été désamorcée !

Il entrevoyait maintenant la démarche profonde d'Anne.

Inconsciemment, elle avait parfaitement orchestré ses sentiments, dirigé ses humeurs : en somme, elle s'était monté une mise en scène diabolique pour en arriver là. Elle ne devait même pas s'en rendre compte. Et jusqu'à ce cadeau qu'elle avait acheté pour attester de sa bonne foi, ou mieux : pour s'en persuader elle-même. Et ce champagne… Et Stéphane et Bertrand qui n'étaient pas là, comme par hasard… Pourtant, si elle avait pensé faire de cette soirée une fête, elle aurait dû les inviter. Mais non. Donc, intérieurement, elle le savait, tout cela. Elle avait tout prévu, sans même s'en douter, il en était sûr. Elle avait cru être sincère, alors que tout n'était que calcul.

Machiavélique, se répéta-t-il pensivement. C'est vraiment très fort, de pouvoir se conditionner ainsi.

Tout à ses réflexions, il se détendait un peu, décroisait ses jambes, s'enfonçait plus profondément dans le canapé. Il entendait des bruits de vaisselle et d'eau dans la cuisine. Pourtant, d'habitude, elle détestait faire la vaisselle et aurait préféré condamner la porte avec un monceau d'assiettes sales derrière plutôt que de tremper ses mains dans « une eau grasse avec des tas de saletés qui flottent dedans ».

Ça doit la calmer, aujourd'hui, pensa-t-il.

Il restait profondément étonné de cette explosion qui avait secoué la maison.

Ainsi, pendant ces mois calmes où tout semblait aller si bien, elle avait accumulé une sourde rancœur contre Claude. Une telle colère n'était pas autrement explicable, surtout chez Anne. Depuis combien de temps avait-elle amassé peu à peu de quoi nourrir une telle rage ? Des semaines ? Des mois ? Il n'en avait rien supposé, rien décelé en elle.

Pour la première fois, il entrevoyait une autre Anne que celle qu'il connaissait, toujours gaie et brillante : une étrangère un peu inquiétante, plus secrète, plus compliquée aussi. Anne marchait la tête haute sur une route droite et claire ; et l'étrangère, en elle, empruntait des chemins tortueux, inconnus, où il n'aurait jamais soupçonné qu'elle s'aventurât. Il en était aussi décontenancé que s'il l'avait surprise dans un bar louche après l'avoir vue sortir de sa maison bien propre, élégante et un peu « dame qui ne se commet pas avec n'importe qui ».

Après avoir été assez perspicace quant au déclenchement de la colère de tout à l'heure, il se heurtait maintenant à des choses plus mystérieuses.

Pourquoi, après avoir supporté d'une humeur égale

tous les échecs et toutes les crises de Claude pendant un an et demi, avait-elle attendu jusqu'à aujourd'hui pour exploser ? Et pourquoi, justement aujourd'hui, Claude avait-elle agi avec une telle provocation, si nettement ?

Elle était plus souple, plus fuyante, les autres fois. Aujourd'hui, elle n'avait rien fui, rien évité, elle avait donné une parfaite réplique à Anne, comme dans une scène préparée. On aurait pu avoir l'impression qu'elles s'étaient secrètement concertées pour que l'orage explose. Mais quel orage ?

Il n'avait rien senti venir et, jusque-là, l'horizon semblait clair. Il restait totalement ignorant de leurs rapports profonds – ainsi qu'elles-mêmes, sans doute.

Quand Anne sortit enfin de la cuisine, il la regarda s'approcher d'un œil nouveau, tentant un instant de faire coïncider l'étrangère qu'il avait entrevue avec la femme qu'il connaissait.

Anne s'approchait de lui, à peine calmée.

Quittant avec aisance les chemins inconnus, il redevint instantanément le « Pierre de circonstance » et tut ses pensées, comme d'habitude.

Anne attrapa une cigarette d'une main fébrile ; comme elle avait du mal à l'allumer, Pierre lui présenta une petite flamme impeccable. Elle souffla une bouffée avec force, comme si elle exhalait avec la fumée des débris de colère qui lui barraient la poitrine.

– La vache ! Tant mieux qu'elle soit partie, c'est ce qu'elle avait de plus intelligent à faire !

– Elle te connaît : demain sera tout miel et tout sucre.

– Tu ne vas pas t'y mettre, toi, hein ?

– Mais non...

Anne s'assit sur le pouf déserté.

– Qu'est-ce que je peux faire, devant ce mur ?

– Que veux-tu que je te dise ? Tu ne veux pas la mettre dehors...

– Encore ! C'est une manie, chez toi !

– Ah, ne gueule pas, hein ?

– Je ne gueule pas.

Elle resta pensive, détournée de lui, et une belle cendre vint s'écraser sur la table. Pierre la fit rouler délicatement dans le creux de sa main, la déposa dans le cendrier, et poussa celui-ci ostensiblement vers elle.

Elle le regarda faire, l'œil vide, toute à ses préoccupations.

– Elle doit bien avoir un don quelconque, à part celui d'emmerder le monde !

– Peut-être bien qu'elle en a…

– Et alors ! Qu'est-ce qui l'empêche de s'en servir ?

– Je ne sais pas… L'orgueil, peut-être.

– Comment ça, l'orgueil ?

Elle tourna vers lui un regard plein d'incompréhension, et attendit qu'il voulût bien lui expliquer ce que l'orgueil pouvait avoir à faire là-dedans.

Il développa sa pensée doucement :

– Ou la prudence… Imagine qu'elle se révèle le talent de dactylo, quelle déception !

– Ce serait déjà ça ! coupa Anne.

– Je parlais de sa déception à elle, bien entendu…, précisa-t-il, avec un léger mépris à l'égard de l'étroitesse d'esprit que manifestait Anne.

Elle le regardait avec aussi peu d'expression que lorsqu'elle regardait le réveil, en début de soirée, avec les mêmes yeux ronds.

Ça y est ! L'œil de la poule…, pensa-t-il en levant le cendrier à la hauteur d'une belle cendre qui s'allongeait, menaçant encore une fois de tomber seule.

Prévoyant qu'il n'y aurait rien d'intelligent ni de raisonnable à tirer d'elle ce soir, il se leva et l'entraîna vers la chambre.

– Allez, ça suffit. On va se coucher.

Elle se laissa faire, avec aussi peu de réactions qu'un automate.

Pierre cueillit la cigarette entre ses doigts, et, sans lui lâcher le bras, l'écrasa à petits coups répétés. Mais elle se consuma encore longtemps après qu'ils furent sortis de la pièce, seul point lumineux dans le noir, comme une petite menace qui ne se décidait pas à disparaître tout à fait.

Dans la chambre, Anne s'était couchée la première, recroquevillée, la tête à moitié recouverte par les couvertures, et Pierre monologuait, en cherchant dans sa pile de livres une œuvre ennuyeuse qui eût surtout le mérite de l'endormir rapidement.

— Tu ne t'en tireras pas toute seule, tu sais. C'est quand même idiot qu'on ne soit jamais arrivés à lui faire faire une psychothérapie… Mais cette fuite ! Cette fuite ! C'est incroyable…

Il se tourna vers Anne et, comme elle lui offrait son dos, il dédia un tendre regard aux mèches auburn éparses sur l'oreiller.

— Il vaut mieux que tu le saches, que tu ne t'en tireras pas toute seule… Hein ?

Les mèches restaient immobiles, sur l'oreiller, mais il lui sembla que, sous la couverture, une épaule frémissait un peu.

— Anne ?… Regarde-moi.

Il alla dénicher un coin de joue noyé sous les cheveux.

— Ah non, ma puce ! Ça ne sert à rien, ça. Allez ! viens là. Il l'attira vers lui.

Un paquet informe de couvertures roula sur le côté, un bout de nez un peu rouge en émergea un instant, et il la cala au creux de son épaule, en caressant une oreille qui était là.

Claude n'avait aucune épaule où reposer sa tête.

Assise sur le trottoir, entre deux voitures, elle pleurait des larmes qui ne la soulageaient pas. Elles lui brûlaient les yeux comme du sable.

Quand elle avait fui Anne et ses mots terribles, elle

avait couru droit devant elle, une boule nouée dans la gorge. Ses jambes l'avaient portée aussi loin qu'elles avaient pu, et elle s'était écroulée, suffocante, à demi insensible. Il lui semblait que tout son sang s'était retiré d'elle, lui laissant les mains paralysées, et cette boule dans la poitrine qui l'étouffait.

Après un long moment, l'envie de pleurer était venue, comme une envie de vomir. Elle libérait enfin ses pleurs, avec les mêmes hoquets. Ils renaissaient inlassablement, n'arrivant pas à rejeter ce qui lui pesait si fort, et ses larmes, en coulant, lui arrachaient les paupières.

Elle resta là longtemps, entre ces deux voitures qui semblaient l'épauler, la tête tombée entre les genoux, à la hauteur des pare-chocs, dans une pose de souffrance animale qui n'évoquait en rien les désarrois d'une jeune fille, mais plutôt la silhouette tassée de quelqu'un malade par la boisson, qui se serait soulagé dans le caniveau.

Enfin, elle avait récupéré un peu de souffle, s'était relevée et remise en route, toujours au hasard, avec pour seule orientation le réflexe d'emprunter les rues les plus désertes.

Elle ne s'était pas attendue à ça. Elle savait bien qu'en n'allant pas à ce rendez-vous elle allait encourir des reproches, un moment difficile, comme d'habitude, mais pas ça ! Pas Anne dans cet état, avec cette voix dure, brutale.

Dès qu'elle avait ouvert la porte, elle avait senti qu'il allait se passer quelque chose de plus grave que les autres fois. Cette impression l'avait enveloppée dès son entrée. C'était peut-être à cause du silence. Anne n'était pas venue l'accueillir avec beaucoup de bruit et de mouvements, comme elle l'avait toujours fait en pareille circonstance. Ce silence l'avait frappée au visage en rentrant. Elle en était restée quelques secondes immobile, avant de refermer la porte.

Quelle sottise, aussi, de rentrer si tard ! Qu'avait-elle

pensé s'attirer en agissant si bêtement ? Elle n'avait pensé à rien du tout, elle y avait été poussée. Mais par quoi ?

Elle avait été plus apeurée que jamais, plus perdue, et quelque chose d'irrésistible l'avait poussée à donner les vingt francs du taxi à une fille qu'elle avait rencontrée. Dès lors, tout avait été plus simple, elle s'était laissé guider par ses impulsions. Celles-ci avaient pris la relève de ses hésitations et de ses questions. Elle avait vu l'heure approcher, place Saint-Michel, comme par hasard, puis suivi la fille ; à qui elle avait donné l'argent dans un bistrot, et enfin vu l'horloge de la place marquer six heures. C'était fini.

Un soulagement bizarre, mêlé de trac, l'avait envahie, elle n'aurait pas su dire pourquoi. Ni pourquoi elle avait laissé passer du temps, du temps, du temps...

Elle se maudissait maintenant de toute cette inconscience.

Qu'avait-elle voulu tenter ? Une épreuve de force avec Anne ? Savoir les limites de son pouvoir sentimental sur elle ? Dans ce cas, elle avait gagné !

Pauvre Claude qui ne savait rien, et se fustigeait maintenant de remords, de reproches. Pauvre, oui, c'est bien ce qu'elle était. Pauvre de dons, pauvre de forces, pauvre de mine...

Elle s'assit sur un banc, petite figure pitoyable sous le réverbère, épuisée de se débattre dans son désespoir.

Et que faire, maintenant ? Comment rentrer, surtout ? Cette pensée lui tira un sanglot muet. Elle frissonna. Elle avait eu d'affreuses sueurs froides, tout à l'heure, et la nuit était glacée, avec cette humidité qui lui tombait sur les épaules.

Tant mieux, comme ça je serai malade, pensa-t-elle en vraie gosse qu'elle était, ou si je n'arrive pas à être malade, je ne mangerai plus rien, comme ça, elle sera bien obligée de me soigner...

Elle resta assise, appelant sur elle de toutes ses forces la fluxion, la bronchite ou l'angine de poitrine, enfin n'importe quoi lui permettant de s'effondrer dans une chaleur, à l'abri des ennuis, des colères, avec Anne tout près pour s'occuper d'elle.

Elle avait envie de faire peur à Anne…

Elle respirait à petits coups, haletante, mimant inconsciemment la maladie souhaitée.

Elle ne devait pas être entièrement convaincante, car une voiture ralentit, s'arrêta à sa hauteur, et un monsieur se pencha à la portière avec des intentions qui n'étaient manifestement pas celles d'un secouriste.

Après un rapide coup d'œil s'assurant du sexe de la personne assise là – par les temps qui courent, on ne sait jamais –, il fit un horrible sourire engageant en désignant la place libre à côté de lui.

On ne peut pas dire que Claude n'eut aucune réaction, ça ne serait pas tout à fait juste – en fait, elle ne réagissait à rien du tout, car son regard passait littéralement à travers la voiture.

Le monsieur fit une petite mine supplémentaire.

Claude semblait toujours le regarder, avec dans l'œil quelque chose de pire que du mépris : l'annulation totale de l'existence de ce monsieur.

Le sourire enjôleur fit place à une expression de haine. « Salope ! » prononça-t-il en accentuant le mouvement des lèvres, répugnant. Et il fit un démarrage qui se voulait sans doute une deuxième insulte.

Il avait dû tirer Claude de la profondeur de ses songes car elle suivit la voiture du regard. Elle prit aussi conscience qu'elle ne savait pas où elle était – il l'avait réveillée.

Elle se leva et reprit sa marche en cherchant cette fois à se repérer. Un sommeil irrésistible la submergea tout à coup, un sommeil de petite fille. Il la sauva de ses appréhensions de rentrer et elle se dirigea tout naturellement vers LA maison, comme une petite fille égarée qui a enfin retrouvé son chemin.

Son cœur battit dans sa poitrine quand elle aperçut la maison, du bout de la rue. C'était sa maison, après tout. Malgré tout...

Elle ouvrit tout doucement. Plus de lumière sous la porte de la chambre d'Anne... Alors elle alla vers son lit, les yeux presque déjà fermés.

Qu'importe de quoi demain serait fait, puisqu'elle avait ce soir un lit pour dormir comme une enfant.

10

Pierre pensait qu'après la scène d'hier soir, il allait assister à une évolution rapide des rapports Anne-Claude, et à un changement de ton radical entre elles. Ce en quoi il avait raison et tort à la fois. Raison quant à l'évolution, et tort quant à la rapidité. Il comptait sans le « mijotage » des sentiments féminins.

Anne, comme beaucoup de femmes, cachait sous une apparence de grande impulsivité une sorte de balance intérieure qui pesait le pour et le contre de ses griefs, de ses désirs, un recul prudent au moment de suivre ses élans, enfin toute une cuisine souterraine de petits calculs qui régissait jusqu'à ses instincts et ses passions. Elle amoncelait silencieusement de quoi nourrir ses orages, retardait leur explosion, plus douée pour un lent travail de sape que pour la lutte à visage découvert.

Pierre, lui, après avoir déclenché la tempête, aurait tranché sur le vif, déterminé ce qui allait et ce qui n'allait pas, logiquement, pour prendre la décision qui s'imposait comme la plus évidente.

Chez Anne, c'était tout différent.

Pierre n'avait rien vu du mijotage qui l'avait conduite jusque-là, et il est probable qu'il ne verrait rien non plus de ce qui l'amènerait à prendre une résolution quelconque. Si résolution il y avait ! Rien n'était moins sûr.

Car il oubliait aussi qu'Anne allait se sentir terriblement

fautive, gênée, d'avoir fait un éclat. Elle allait essayer de se faire pardonner – comme ces bonnes femmes qui bourrent leurs gosses de bonbons, après les avoir abreuvés de taloches. Les petits remords…

Et en effet, Anne, en partant au travail, avait la tête beaucoup moins droite que d'habitude. Elle montait l'escalier qui menait à l'atelier pesamment, empruntant sagement une marche après l'autre.

A mi-chemin, elle croisa la petite marrante qui faisait le mannequin, dévalant les marches quatre à quatre, ne se tordant même pas les pieds dans ses hauts talons lamés, la blouse au ras des fesses.

– Salut ! Je vais prendre un café ! cria-t-elle sans s'arrêter.

Elle était presque sortie, quand Anne réalisa que la chose était surprenante.

– Dans cette tenue-là ? cria-t-elle à son tour.

Elle entendit un « Ah, merde ! C'est vrai ! » et la même forme à longues jambes remonta l'escalier à la même allure, disparut précipitamment dans l'atelier… pour réapparaître trois secondes plus tard dans un manteau de fourrure qui lui arrivait également au ras des fesses.

Décidément ! nota Anne en la croisant de nouveau.

Elle entra dans l'atelier, et retira son manteau sans enthousiasme en distribuant des « Bonjour… Ça va… Et vous, Marguerite, comment va-t-il, ce rhume… ». Mais le cœur n'y était pas. Pourtant le soleil brillait ce matin encore, et il régnait la même ambiance de ruche, mais Anne se sentait comme une petite abeille fatiguée.

Elle s'assit du bout des fesses sur sa chaise et considéra papier et crayon avec un œil méfiant. Elle était certaine de ne faire que des bêtises, ce matin.

Elle resta un moment les mains croisées sur les genoux, dégoûtée à l'avance. Si au moins quelqu'un pouvait lui remonter le moral…

– Tiens ? Il n'est pas arrivé, Stéphane ?

Mme Marguerite lui rappela que Stéphane avait « encore » demandé sa matinée hier, et qu'il ne viendrait donc que cet après-midi. Marguerite laissa percer dans sa voix un blâme envers une conduite si frivole, mais Anne n'y prit pas garde, toute à sa mauvaise humeur personnelle.

— Hoaaw ! Il choisit bien son moment, celui-là !

Elle attrapa mollement son crayon, entreprit de rectifier un des croquis, et ne réussit qu'à le rendre définitivement inutilisable. Elle froissa le papier à deux mains, en serrant les dents, comme si elle tordait le cou à la pauvre silhouette amochée, et le jeta avec rage juste à côté de la corbeille.

Elle tapota du doigt sur la table, en parcourant du regard les croquis indemnes avec une envie soudaine de leur faire subir le même sort. Une sagesse toute professionnelle la retint, et elle se rabattit sur une feuille blanche dont elle fit un monceau de confettis.

Tout en déchiquetant le papier, elle suivait machinalement du regard les gestes experts de Marguerite qui épinglait une robe sur un mannequin – en bois, celui-là. Anne avait l'esprit bien loin de l'atelier. Pourtant, son regard changea soudain, exprimant une surprise grandissante, jusqu'au froncement des sourcils.

— Mais… qu'est-ce que c'est que ça ?

Marguerite tourna vers elle un regard étonné, considéra la robe un instant, puis revint à Anne avec un « mmff » d'incompréhension, la bouche pleine d'épingles.

— Ce n'est pas ça que je vous ai dit de faire, hier ! C'est le bustier, qu'il faut changer, pas la jupe ! Hoaaw !

Et, sans plus s'occuper de Marguerite qui s'affolait et se vengeait en houspillant les ouvrières, elle se replongea dans ses pensées en poursuivant le déchiquetage du papier à petits coups d'ongle réguliers. Elle ne ferait rien de bon, aujourd'hui, ce n'était pas la peine d'essayer. Avec un réveil pareil !

Elle repassait dans sa tête ce début de matinée catastrophique qui la laissait démoralisée, vidée de ses forces, et même de son talent. Il ne manquait plus que ça !

Pierre avait fui la maison très tôt, prétextant une course urgente avant d'aller au bureau.

En sortant de sa chambre, elle avait tout de suite vu la silhouette noire de Claude perdue dans les rideaux blancs du living. Elle n'avait rien répondu au regard anxieux que Claude avait tourné vers elle, et passé sans un signe, sans une aide, avec une indifférence parfaitement jouée.

Dans la cuisine, elle avait préparé un seul café, avec des bruits secs de casserole et de couvercle claquant dans le silence.

Elle se sentait la bouche pâteuse et, autour des yeux, les dégâts de la veille lui faisaient des rides légères. Ses cheveux aussi tombaient moins souplement, comme électrisés par son malaise. Elle se détestait.

Quand elle était revenue dans le living, Claude n'avait pas bougé, et son dos exprimait toute la misère du monde.

Assise à la grande table, Anne avait pris son café toute seule, après avoir lâché une petite phrase qui résumait tous ses sentiments :

— Si tu veux un café, tu te le prépareras toi-même. Ça te fera toujours une occupation…

La réplique avait flotté un instant en l'air, y compris les points de suspension réprobateurs, et avait atterri sur Claude qui baissa la tête sous le poids.

Anne avait froid aux pieds, et le cannage de la chaise lui striait les fesses. Elle aurait bien voulu terminer son café rapidement, mais il était trop chaud. Déjà, il lui avait brûlé l'estomac, ce qui n'était pas pour la détendre ! Elle le buvait donc à petites gorgées, en lançant des regards de plus en plus fréquents vers Claude.

Cette dernière ne devait pas s'intéresser beaucoup à ce qui se passait dehors — Anne était sûre que Claude avait des yeux dans le dos, tant elle la sentait tournée vers elle, malgré les apparences. C'était insupportable.

Anne cherchait déjà le moyen de délester l'ambiance, de rétablir une vie facile, légère… Elle tardait à finir son café, pourtant tiède maintenant, ne sachant comment sortir de derrière cette table.

Que j'ai été bête de ne pas partir tout de suite ! Pierre a été plus malin, lui…

Tout à coup, Claude prononça d'une petite voix :

— Je peux partir, si tu veux.

Il avait dû lui en coûter beaucoup.

Anne, ayant trouvé l'occasion qu'elle cherchait, se leva brusquement en grognant :

— Ah, ne dis pas de bêtises, hein !

Vite, elle porta sa tasse à la cuisine, et repassa rapidement derrière Claude, affectant la précipitation, le retard.

— Bon ! Moi, au moins, je vais travailler.

Elle s'habilla à toute vitesse, les lèvres serrées, et emprunta pour sortir la porte de la chambre qui donnait directement sur l'entrée, pour ne pas avoir à repasser par le living.

Mais, la porte claquée derrière elle, elle ne respira pas mieux, et l'image d'une petite Claude toute noire abandonnée dans les rideaux la poursuivit dans l'escalier.

Dans la rue, elle l'imaginait toujours à la même place, et elle ralentit peu à peu son pas. Il n'y avait rien à faire, le malaise la poursuivait. Rien ne l'avait distraite, ni le visage des gens, ni les vitrines ; il lui semblait au contraire qu'elle s'alourdissait davantage à mesure qu'elle s'éloignait de la maison.

C'est toujours aussi mal à l'aise qu'elle déchirait le dernier morceau de l'innocente feuille blanche. Il y avait maintenant devant elle une jonchée de détritus. Elle en fit un ridicule petit tas et le considéra d'un air morne.

Si au moins cet imbécile de Stéphane était là…

Ce matin, exceptionnellement, il était un imbécile.

Le temps ne passait pas vite. D'ordinaire, elle avait l'impression qu'il lui glissait des doigts à toute vitesse. Elle pensa un instant que les gens qui ont l'habitude d'avoir des ennuis devaient souvent vivre de très, très longs moments. Elle ne les envia pas, elle qui trouvait pourtant les journées trop courtes.

Elle poussa un soupir et rangea divers objets sur la table. Il faut bien s'occuper quand les minutes pèsent des heures. Et c'est par hasard que sa main se trouva sur le téléphone. Presque par hasard… Elle hésita une seconde, puis, distraitement, elle composa le numéro de l'appartement.

Les traits un peu crispés, un ongle entre les dents, elle écouta la sonnerie. Une, deux, quatre… Elle allait commencer à être déçue, quand le déclic se fit à l'autre bout du fil. Elle reprit pour parler à Claude cette drôle de voix timide un peu perchée.

— Allô ?… Ah, tu es là ? dit-elle sans se rendre compte du ridicule de sa question. C'est moi. Je… heu… j'appelais comme ça… Tu as pris ton café ? Bon, écoute… J'ai envie de rentrer déjeuner. Tu m'attends ?

Les traits d'Anne se détendirent peu à peu.

— Bon. A tout à l'heure. Tu m'attends, hein ?

Et elle raccrocha doucement, subitement plus calme.

Le soleil lui parut tout à coup plus gai, les bruits de l'atelier montèrent d'un ton, et la matinée se termina beaucoup plus vite qu'elle n'avait commencé. Le temps coulait normalement.

A midi pile, elle attrapa son manteau, son sac, et sortit dans une grande envolée de jupe. La première depuis de longues heures.

A la porte, elle heurta Stéphane qui entrait. Après avoir passé une partie de la matinée à pester contre lui, elle fut contrariée de le voir arriver en avance. Un réflexe stupide — comme s'il savait ce qui s'était passé hier soir et qu'il eût pu lui reprocher d'aller bêtement faire la paix. Dans son trouble, elle mélangeait tout, et réagissait devant lui comme elle eût réagi devant Pierre.

Elle rétablit rapidement les gens et ses sentiments à leur juste place, mais garda une intonation de petite fille prise en faute pour dire à Stéphane :

— Je vais déjeuner à la maison…

— Ah non ! Je suis revenu spécialement pour t'emmener chez l'Italien !

— Non, non, mon vieux. Il faut que je rentre.

Il n'insista pas davantage, et la regarda descendre l'escalier.

Tiens, elle a une drôle de mine, aujourd'hui. Qu'est-ce qui se passe donc ?

En ami simple qui répugne aux confidences, il ne demandait pas d'explications aux mauvaises mines et se sentait simplement le devoir de « secouer tout ça ».

Avant qu'Anne ne disparaisse dans l'entrée, il cria :

— Anne ! On devrait faire la fête, un de ces soirs !

Du bas de l'escalier, elle leva vers lui un visage souriant.

— Tiens, c'est une idée, ça…

Elle lui fit un petit signe de la main et disparut.

Bien qu'elle respirât mieux sur le chemin du retour qu'à l'aller, il était trop tôt pour se laisser aller à un véritable soulagement, et elle sentait bien la part de lâcheté qui entrait dans son geste. Elle allait faire la paix… C'était idiot. Après avoir fait un tel remue-ménage dans la maison, elle allait tout aplanir et détruire l'occasion de faire évoluer la situation. Mais elle avait beau être mécontente d'elle-même, une irrésistible envie de rétablir le calme et une certaine douceur de vivre la poussait à arranger les choses, le plus vite possible.

Le temps du trajet lui suffit pour se persuader qu'elle avait raison, à grand renfort de lieux communs : la vie est trop courte pour passer son temps à se créer des ennuis ; puisqu'on ne peut rien changer, dans le fond, pourquoi se faire de la peine les uns aux autres ; autant s'arranger pour être heureux à n'importe quel prix, puisqu'on allait tous mourir un jour…

Après avoir pratiqué cette douce philosophie pendant un quart d'heure entre la Madeleine et l'Opéra, elle réussit à oublier qu'elle allait faire une bêtise. Quand elle arriva devant son immeuble, elle était même un peu émue – d'une émotion semblable à celle de ses premiers rendez-vous amoureux : un frisson au creux de l'estomac.

Claude l'attendait dans l'embrasure de la porte du living. Le corps à demi caché derrière le mur, elle s'y appuyait des deux mains, comme pour se soutenir.

Il y eut un grand regard…

Anne ne referma pas la porte d'entrée immédiatement, happée par ce regard. Une main sur la poignée, elle regardait les deux cernes bruns qui s'élargissaient sous les yeux de Claude, résultat de trois nuits presque sans sommeil.

En effet, la nuit dernière, après avoir sombré dans un abîme sans rêves, Claude s'était réveillée en sursaut peu après. Elle s'était retrouvée assise, les yeux grands ouverts ; et, à se voir ainsi, couchée tout habillée, l'angoisse lui était remontée aux lèvres.

Anne regardait ces deux marques sous les yeux de Claude, attendrie malgré elle. Pourtant, depuis longtemps, elle ne prêtait plus attention aux mauvaises mines de Claude.

Un jour, elle l'avait surprise dans la salle de bains en train d'accentuer ses cernes au crayon brun. Une curieuse manière d'employer le maquillage ! La porte était entrebâillée, et Claude ne s'était pas aperçue qu'Anne l'observait, stupéfaite.

Elle n'avait rien dit à Claude, mais, depuis ce jour, elle avait cessé de s'inquiéter de ses pâleurs et des ombres tristes qui élargissaient ses yeux, décidant une fois pour toutes que tout cela n'était que de la « frime ».

Pourtant, le plus souvent, les cernes de Claude étaient authentiques et ne devaient rien au maquillage.

Anne, en entrant dans le living, vit qu'elle avait mis la table – deux assiettes, avec les couverts posés bien droits de chaque côté, et deux serviettes. Elle n'avait même pas oublié le sel et le poivre.

Une attention aussi puérile acheva de désarmer Anne, les bras lui en tombèrent devant tant de candeur.

Claude employait de bien piètres moyens pour se faire pardonner, mais Anne parut s'en contenter.

Elles furent très proches, pendant ce déjeuner, peut-être plus proches qu'elles ne l'avaient jamais été. Personne ne parla, mais elles avaient pourtant l'impression de se comprendre. Elles resserraient leurs liens dans le silence, comme si elles avaient échappé à un danger. Elles profitaient de ce calme après la tempête qui les laissait un peu frileuses. Elles se réchauffaient de regards, de gestes attentionnés.

Comme Claude était restée les mains tombées sur les genoux et l'assiette vide, Anne s'était brusquement découvert une sollicitude maternelle et avait forcé Claude à se servir quelque chose.

Vers deux heures moins le quart, Anne se leva : rien n'avait été dit que ce qu'elles avaient senti passer entre elles.

Elle allait débarrasser la table, mais Claude arrêta sa main.

– Non, laisse.

Anne la regarda faire avec un léger sourire, en hochant la tête un peu ironiquement. Claude ne s'en aperçut pas, toute à ses efforts de bonne volonté.

Au moment de sortir, Anne se rappela tout à coup ce que Stéphane lui avait dit dans l'escalier.

Faire la fête ? Pourquoi pas. Mais autant l'adapter aux circonstances...

Anne tourna donc le projet dans le sens qui convenait le mieux à ce moment.

– Claude ? Si tu veux, on pourrait faire la fête, un de ces soirs ? Une soirée à toi... On inviterait Stéphane, puisque tu l'aimes bien, et on irait dans un endroit amusant, non ? Tu ne sors jamais…

C'était vraiment trop payer les efforts de réconciliation un peu ridicules de Claude. Deux malheureux couverts mis et enlevés ne valaient pas une fête, surtout après une bévue comme celle d'hier ! Mais Anne n'avait pas l'impression de trop en faire, ni de s'aplatir devant sa sœur, elle était simplement contente d'avoir rétabli l'équilibre de la maison et rendu l'air plus respirable.

Par contre, Claude dut se rendre compte de l'exagération de la chose, car elle regarda Anne d'un air très surpris. Puis, comme elle la voyait sincère, elle répondit :

— Oui, ça me ferait plaisir.

En guise d'enthousiasme, c'était modeste. Claude, sentant sa position fragile, préférait se cantonner dans une modération prudente.

Dans l'entrée, il y eut encore quelques regards attendrissants d'un côté et attendris de l'autre, des mots intimement chuchotés :

« Tu restes là ?.. Oui… A ce soir », le froissement du manteau d'Anne contre le mur, encore un chuchotement précipité, et le « cloc » de fermeture de la porte. Enfin, tous les bruits caractéristiques, un peu feutrés, de la fin d'un rendez-vous amoureux clandestin.

Dans la rue, Anne reprit sa démarche souple et déliée.

Elle savait très bien que, en une heure, elle venait de gâcher toutes ses chances de modifier la situation, mais elle se sentait si légère, délivrée de son malaise, qu'elle ne regrettait rien.

Sur le chemin vers l'atelier, elle se fit de nouveau une douce philosophie et, quand elle arriva au travail, elle était en pleine forme.

Après le départ d'Anne, Claude était allée à la fenêtre pour la regarder sortir. Elle espérait qu'Anne se retournerait pour lui faire un signe de la main, mais elle disparut au coin de la rue sans avoir tourné la tête.

Claude n'en fut pas trop déçue.

Elle appuya son front contre la vitre, étourdie par le soulagement de se tirer de tout cela à si bon compte.

Puis, pour une fois, elle s'assit sur le canapé et décida de ne pas sortir cet après-midi. Elle n'avait jamais été à l'aise dans cet appartement trop clair, trop propre ; mais, aujourd'hui, elle se mettait à l'aimer. Elle avait failli perdre tout ça, elle le savait.

Pour ne plus risquer de se retrouver comme hier soir, dans le noir, elle ferait tout ce qu'on lui dirait, tout ce qu'on voudrait, tout ! plutôt que de perdre cette clarté.

Elle se détendait, s'abandonnant à l'avance à la volonté d'Anne. C'était fini. Fini...

Elle se laissa aller complètement à la douceur d'avoir regagné sa maison, et s'endormit dans les coussins.

Plus tard, elle fut réveillée par la faim. Une fringale inhabituelle la poussa dans la cuisine, où elle se prépara un énorme sandwich. Elle mordit dedans en fermant les yeux et en fronçant le nez, comme un chat. Puis elle mangea du fromage et des fruits.

Il est probable que si Anne ou Pierre l'avaient vue, ils auraient été bien surpris de découvrir chez elle tant de santé...

11

La fête devait avoir lieu quelques jours plus tard. Cinq couverts furent retenus pour un dîner-spectacle à l'Alcazar.

Stéphane s'était chargé de la réservation car Anne lui avait rendu le projet dès son retour à l'atelier, lui proposant simplement d'emmener Claude. « Ho ! là là ! » avait-il répondu, dubitatif.

Le soir, Pierre accueillit la nouvelle avec une sorte de gloussement ironique et reprit sa position d'observateur.

Et la vie continua, apparemment comme avant.

Anne était redevenue très joyeuse, et surtout très belle. Elle se mit soudain à avoir un charme fou, comme si ces deux jours l'avaient lavée, délivrée ; elle en ressortait plus brillante, la peau éclatante et les yeux agrandis.

Elle avait périodiquement de ces éclats de beauté qui la transfiguraient, et Pierre avait remarqué qu'ils succédaient justement à des ennuis ou à des problèmes quelconques. La joyeuse nature et la santé d'Anne jaillissaient soudain plus fortes, délivrées d'un barrage.

De son côté, Claude avait pris de bonnes résolutions, prête à faire ce qu'on lui dirait, docilement. Mais on ne lui demanda rien. Ni de chercher un nouveau travail, ni même de téléphoner à ce M. Michaud pour s'excuser, absolument rien.

Anne était charmante avec elle, ni plus ni moins qu'avant le soir de la crise. Elle vivait gaiement, comme si rien n'était arrivé.

Claude restait flottante et perplexe devant cette attitude, car elle savait maintenant Anne capable de provoquer un drame.

Elle eût été plus tranquille si elle avait pu payer son erreur. Mais elle ne put, durant les jours suivants, ni s'accrocher à quelque chose de rassurant, ni donner des preuves de sa bonne volonté.

Et puis il y avait eu cette chaleur, ce contact silencieux qui les avait unies au déjeuner. Claude attendait le résultat de cette intimité. Mais Anne n'était qu'indifférence insouciante et laissait Claude mijoter dans son incertitude.

Dans ce climat douteux, une fête inattendue et imméritée prenait des allures inquiétantes…

Claude se terrait dans son coin, tremblante, à l'affût d'un changement d'humeur, d'une ruse quelconque.

Il ne se passait donc rien, et Anne vaquait à ses occupations le nez en l'air et l'œil brillant. Elle attendait de faire la fête ! Et que cette fête fût dédiée à Claude, comme elle le lui avait dit, ne lui coûtait pas grand-chose. Cela ressemblait plutôt à un billet de faveur donné à quelqu'un de déshérité. C'est facile… Comme il est facile de laisser une chance ou un peu de temps pour récupérer à un adversaire plus faible que soi, quand on est sûr de prendre l'avantage tôt ou tard.

Trois jours passèrent ainsi, et Claude ne savait pas si elle avait gagné ou perdu quelque chose. La zone de froid et de silence qui l'entourait partout où elle allait et qui l'empêchait de toucher les autres s'était un peu plus élargie. Elle se sentait plus seule que jamais.

Pierre, lui, avait cessé de se poser des questions quant à l'évolution des rapports dans la maison. Il s'était tourné vers Anne comme une plante vers le soleil, ébloui par son charme, par cette beauté soudain ravivée, et l'étrangère qu'il avait entrevue en elle l'autre soir ajoutait à ce charme. Séduit, il se consacrait entièrement à elle.

Un matin, la veille de la fête, Anne chantonnait dans ses placards, à la recherche d'une robe qui la rendrait plus éclatante encore, quand elle tomba en arrêt devant le paquet-cadeau qu'elle avait déposé là en attendant de l'offrir à Claude, complètement oublié.

Elle le prit, pensive, le posa sur le lit, et continua à chercher sa robe, s'octroyant ainsi un petit temps de réflexion.

Claude était dans le living, de l'autre côté du mur, et rien n'était plus facile que de passer la porte, de lui tendre le paquet en souriant, ou sans sourire, ou de le poser sur la table, ou même de le lui jeter négligemment. Mais Anne continuait à chantonner, hésitante.

Pourtant, c'est l'occasion ou jamais ! Sinon, il va falloir la sortir avec cet immonde pull noir… Au fait ! depuis combien de temps n'a-t-il pas été lavé, celui-là ?

Anne sortit de la penderie une robe bleu lavande, et s'attarda devant le miroir, la robe plaquée contre elle.

Non. Trop fade… D'autre part, je sais très bien qu'elle refusera de le mettre, ce pull ! Elle va encore dire qu'elle n'a pas besoin de se déguiser.

Puis elle hésita entre deux robes rouges, choisit la plus vive, et s'habilla en tournant le dos au paquet.

Je suis déjà bien gentille avec elle, si en plus il faut lui faire des cadeaux !…

Elle alla dans la salle de bains, brossa ses cheveux, assortit le rouge à lèvres à celui de la robe. Avant de sortir, elle se lança à elle-même un regard vainqueur – le regard du jour – et revint dans la chambre.

Elle marqua à peine un petit temps d'arrêt, prit le paquet, défit la faveur qui l'entourait, déplia le papier en le faisant craquer le moins possible, et prit à deux mains le joli pull doux qu'elle porta directement dans son placard, parmi d'autres jolis pulls doux…

Un léger scrupule lui vint qu'elle chassa aussitôt, le rejetant en arrière en même temps que ses cheveux, d'un coup de tête. Puis elle attrapa le papier d'emballage, en fit une boule chiffonnée, passa dans le living en lançant à Claude au passage un « bonjour, toi », et jeta le papier dans la poubelle.

Claude ne se doutait pas que cette boule de papier dans les mains d'Anne était le dernier vestige d'un cadeau qui lui était destiné et qui lui passait ainsi sous le nez – littéralement.

C'était dommage. Claude aurait pleuré de gratitude pour un geste d'attention envers elle. Et elle aurait porté ce pull, même rouge, vert vif ou rose bonbon, elle aurait porté n'importe quoi qui fût une preuve d'intérêt et d'amour. Mais elle resta assise dans son triste pull noir, et Anne retraversa le living en lui adressant un petit sourire aimable, de ces sourires qu'on distribue aux voisins et qui ne coûtent rien.

Le jour de la sortie, Claude resta toute la journée à la maison, attendant un signe d'Anne. Mais le téléphone ne sonna pas, et Anne ne revint pas déjeuner.

Claude promena son incertitude dans tous les coins, se préparant doucement à commettre sa deuxième erreur.

Le soir, Anne arriva beaucoup plus tard que d'habitude, alors que Claude s'attendait à ce qu'elle rentre plus tôt.

Dès l'entrée, Anne cria :

– J'ai été chez le coiffeur !

Elle entra dans le living avec un paquet sous le bras. Elle avait récupéré d'une ancienne collection une robe verte sexy et un peu folle qui serait parfaite pour ce soir.

Claude se leva pour l'embrasser, peut-être pour lui chuchoter une parole tendre à l'oreille, mais Anne ne vit pas le mouvement de Claude et courut directement dans la chambre, affairée.

– Je me dépêche ! Il faut que je me remaquille.

Claude resta debout, coupée dans son élan. Elle entendit des bruits de flacons et de tiroirs, et un lointain « Tu as passé une bonne journée ? » qui resta sans réponse.

Pierre arriva un peu plus tard, fraîchement rasé, très en forme dans un beau costume gris harmonisé au gris de ses tempes. Il vint, lui, embrasser Claude en souriant, avec une petite réflexion qui se voulait encourageante et joyeuse :

— Ha, ha ! La reine de la fête !

Claude se raidit, croyant le mot railleur et le sourire ironique.

Sans insister, il se servit l'inévitable whisky.

— A quelle heure arrivent-ils ?

— Ils ne viennent pas. On se retrouve directement là-bas.

Anne venait de faire une entrée comique dans le peignoir de Pierre, une charlotte sur la tête et un masque de beauté vert sur le visage.

D'ordinaire elle se cachait soigneusement pendant sa toilette et ne se montrait jamais en négligé, surtout s'il était aussi disgracieux, mais aujourd'hui elle préparait un contraste à son avantage, sûre du résultat final.

Elle en fit un numéro très drôle, et ils suivirent toutes les étapes de la mise en beauté, comme un spectacle.

Claude s'assombrissait peu à peu...

Finalement, Anne apparut avec la robe verte, la présenta en tournant sur elle-même d'une manière provocante, et récolta ce qu'elle attendait : un regard de Pierre. Un long regard brillant, bien plus éloquent dans le silence qu'une exclamation flatteuse ou un compliment.

A la fin de son mouvement, le regard d'Anne tomba sur Claude assise sur son pouf, lamentable à souhait, et qui baissait une tête aux cheveux ébouriffés. Le contraste entre elles deux lui apparut brusquement, insoutenable, presque comique.

Ce n'est pas possible... On ne va pas la sortir comme ça ! pensa-t-elle en regrettant tout à coup de s'être si vite approprié le joli pull.

Il était trop tard pour rafistoler tant bien que mal un emballage-cadeau. Tant pis, elle présenterait la chose autrement.

– Claude ? Tu vas te changer, hein ? Je vais te prêter un pull qui…

Mais Claude, les yeux à terre, faisait déjà non de la tête.

Une ombre légère passa sur Anne. Mais non, pas ce soir…

Ça ne fait rien, on la sortira comme ça. Mais elle pourrait se coiffer, au moins !

Elle continua à virevolter et à jouer de son charme, sans abandonner complètement l'espoir de voir Claude se changer.

Pierre suivait tous les mouvements d'Anne d'un œil admiratif et satisfait. Il était content de sortir avec elle, bêtement, parce qu'elle était belle. Elle l'était, en effet, dans un de ces jours exceptionnels dont une femme doit se souvenir quand elle a passé quarante ans…

Elle y pensait quelquefois, à sa future quarantaine, calmement, froidement, sans panique anticipée. Elle en épiait déjà les signes précurseurs d'un œil critique, comme elle ferait un inventaire, méthodiquement, sans colère devant l'inévitable.

Voyons, qu'est-ce qui va lâcher en premier ? Le cou ? Le ventre ? Les jambes, ça va, ça tiendra le coup…

Le mieux était de le prévoir, logiquement. Elle savait déjà qu'elle aurait recours à tous les moyens pour retarder la catastrophe, avec un sang-froid d'entrepreneur devant les dégâts qu'il doit réparer. A la seule différence qu'elle entendait ne pas se laisser prendre de court par le temps… Quand la chirurgie esthétique ne pourrait plus rien pour elle, il serait bien temps, alors, de se laisser abattre.

Elle essayait parfois de s'imaginer vers quarante-cinq ans, sans émotion. Elle se voyait très bien, par exemple, sur une plage, allongée dans un maillot bien coupé – les chers deux-pièces révélateurs ayant été abandonnés depuis longtemps –, épiant entre ses cils maquillés les jeunes hommes aux muscles souples qui jouent au volley sur le sable, faisant parade de leur force et de leurs dents de jeunes chiens. Elle savait qu'elle serait encore capable d'en terrasser quelques-uns... Il suffirait pour cela de ne jamais courir en maillot de bain, et même de se lever le plus rarement possible – la ligne du corps est meilleure allongée que debout –, avec un peignoir prudemment abandonné à portée de la main.

Elle pourrait toujours se baigner, mais il ne s'agirait plus de se jeter dans l'eau la tête la première ! Il faudrait au contraire fuir les sales gosses qui vous éclaboussent avec une joie ridicule, et nager sagement en prenant garde de ne pas mouiller les cheveux bien coiffés. Il faut laisser les mèches folles aux jeunes visages.

Pour sortir de l'eau, il n'y aurait pas de problème. Nul besoin de peignoir, car l'eau froide raffermit les chairs. Elle pourrait même en profiter pour évoluer quelque temps le dos bien droit, en accentuant la souplesse de sa belle démarche. Puis elle ramasserait négligemment son peignoir – surtout sans plier les jambes ! Ça fait mémère...

Anne savait tout cela, et ne pensait pas que ce fût horrible. Il était simplement nécessaire d'employer tous les moyens pour survivre. Elle savait même qu'il y avait une chose qu'elle ne pourrait ni sauver, ni cacher, une seule chose, commune à toutes les femmes qui refusent leur âge : ce pli amer au coin de la bouche...

Elle croyait naïvement accepter cela à l'avance, mais elle oubliait qu'il est facile de s'imaginer vieillissante quand on se regarde tous les matins dans sa glace sans trembler. Sa froide imagination n'avait pas trente ans.

Pour l'instant, elle ondulait dans sa robe en soie légère fendue sur le côté, et parcourait joyeusement la maison en découvrant à chaque pas une longue jambe à la cuisse impeccable. Une grande mèche souple lui tombait sur l'œil, et elle regardait Pierre en baissant la tête pour la faire tomber davantage, car elle connaissait le pouvoir de ce regard sur lui.

Claude, au bout d'une heure de ce spectacle qu'offrait Anne, semblait s'être rapetissée sur son pouf. Ce n'était pas la jalousie qui la rendait terne et abattue, mais elle sentait qu'Anne lui volait sa soirée. Elle avait trop de joie visible, une joie dont Claude n'avait aucune part, dont elle était exclue, on l'abandonnait à sa grisaille avec indifférence.

Anne s'avisa tout à coup que Claude était toujours dans le même état. Elle la considéra d'un œil désolé.

– Bon… Et toi ? Qu'est-ce que tu vas mettre ?

– Moi ? Rien…, répondit Claude en baissant deux yeux tristes.

Pierre, soudain en éveil, regarda rapidement Anne, mais celle-ci continuait, avec une sorte de santé imperturbable.

– Ah non ! Tu viens de sortir d'un rhume ! Tu ne vas pas…

– Je n'ai pas envie de sortir, dit Claude sans relever la tête.

L'erreur était commise.

Il y eut le silence que Pierre connaissait bien, et Anne immobile, manteau dans une main et sac de l'autre, avec l'œil tout à coup plus luisant.

Claude releva lentement son regard vers Anne, et il y eut entre elles quelques secondes suspendues, chargées d'électricité, le même suspens que, dans un western, lorsqu'on se demande lequel va tirer le premier…

Anne, toujours immobile, prononça avec une douceur dangereuse :

– Tu plaisantes ?…

Claude battit deux fois des cils avant de répondre :

– Non. Je t'assure, je n'ai pas envie de sortir.

Pierre pensa que, décidément, Claude avait parfois un certain courage.

Il amorça un mouvement de retraite pour se mettre à l'écart de la fusillade, mais l'affrontement n'eut pas lieu car Anne changea de ton et protesta plaintivement :

— Écoute, j'ai tout organisé pour toi !

En entendant cela, Claude eut soudain une expression bizarre, un mélange de colère et de mépris. Ses lèvres bougèrent comme si elle allait répondre quelque chose, puis elle referma une bouche aux lèvres un peu crispées, et détourna la tête.

Anne continuait à insister :

— Allez, viens ! Il y a Stéphane… Tu sais bien qu'il va être déçu si tu ne viens pas.

Claude ne bougea pas et fit simplement une petite grimace de dérision. Comme si quelqu'un pouvait être déçu de ne pas la voir ! Personne ne s'intéressait à elle. Personne ne l'aimait…

Anne interpréta cette petite grimace tout autrement et crut qu'elle était l'expression d'un parfait détachement à l'égard de ce que pouvaient penser les autres.

Elle mit son manteau avec des gestes brusques.

— Tu veux m'empoisonner la vie, mais je te jure que tu n'y arriveras pas !… Tu viens, Pierre ?

Et elle se dirigea vers l'entrée.

Avant de la suivre, Pierre s'arrêta un instant devant Claude en hochant la tête gentiment, un peu penché vers elle, avec l'air de dire « c'est pas malin, tout ça », puis il rejoignit Anne.

Au moment de sortir, elle hésita, ne se décidant pas à laisser Claude seule et revint dans le living pour faire une dernière tentative de conciliation.

— Allez ! On arrête les conneries. Tu viens, hein ?

— Je ne peux pas…, répondit Claude d'une voix tremblante.

— Comment ça : tu ne peux pas ?

Après un silence, Claude corrigea son lapsus, si bas qu'Anne ne l'entendit presque pas.

– Je ne veux pas.

Pierre tournait en rond dans l'entrée tandis qu'Anne essayait toujours de convaincre Claude, mais chaque insistance l'enferrait davantage dans son refus. Non, elle ne pouvait pas aller là-bas, elle avait peur du monde… Non, elle ne voulait pas aller au cinéma… Non, elle n'avait pas besoin d'argent.

Pierre toussa pour marquer son impatience, et Anne sortit enfin.

Elle descendit l'escalier la joue colorée et le talon attaquant. Moins fofolle, elle était presque plus belle.

Pierre la suivait en l'observant, l'humour au coin de l'œil. Charmant.

Restée seule, Claude s'étonna de se trouver froide, indifférente. Elle n'avait pas envie de pleurer et ne souffrait pas de sa solitude.

Elle avait souhaité un moment qu'Anne renonce à sa soirée et reste avec elle, mais maintenant elle se découvrait soulagée de son départ. Pourtant, elle appelait de toutes ses forces la présence d'Anne, mais d'une Anne différente, tendre, chaleureuse, amicale, et qui l'entourerait, la protégerait, pas celle qui virevoltait tout à l'heure, insaisissable, avec ses éclats de rire coupants. Celle-là, elle pouvait partir.

Elle resta longtemps assise à la même place, sans bouger du tout. Elle écoutait le bruit de son sang dans ses oreilles, un sang qui bruissait calmement.

Elle ne s'était jamais sentie ainsi. Pour la première fois, elle entrevoyait un écart entre son rêve et la réalité. Jusque-là, Anne était Anne, un point c'est tout. Anne qui riait, Anne qui était là, Anne qu'elle rêvait, puis Anne avec Pierre, Anne lointaine, et enfin Anne fâchée. Tout cela était une seule et indivisible personne : Anne. Et voilà qu'elle découvrait une différence entre celle qu'elle souhaitait et celle qui était présente, une telle différence qu'elle pouvait se sentir soulagée de son départ.

Elle sentit obscurément que quelque chose était changé.

Elle resta prostrée, plongée dans cette impression, cherchant à deviner ce qui était changé, sans savoir que c'était elle.

Plus tard, la sonnerie du téléphone retentit brusquement. Elle sursauta et regarda cette chose stupide et inerte qui faisait tant de bruit avec une sorte d'obstination idiote. Quelqu'un ailleurs appelait, insistait...

Elle était sûre que c'était Anne. Elle le savait.

Claude resta immobile en regardant fixement l'appareil qui n'en finissait pas de vriller le silence. Cela dura un temps interminable. Puis le silence retomba, si brutalement que Claude continua d'entendre résonner des sonneries irréelles dans sa tête.

Anne l'avait appelée et elle n'avait pas répondu à son appel !

Elle ne comprenait pas ce qui lui arrivait et eut une peur soudaine de ce changement inexplicable. Mais même sa peur lui paraissait détachée d'elle.

Elle erra dans l'appartement, comme une somnambule. Elle fouilla dans l'intimité d'Anne. Elle ouvrit ses placards, toucha ses robes, caressa un manteau de fourrure. Elle entra dans la salle de bains et en fit le tour, distraitement. Elle remua des flacons, ouvrit un pot de crème, s'en passa un peu sur la main et en respira l'odeur. Puis, le visage sans expression, dans une sorte d'absence, elle décrocha le peignoir d'Anne, et l'enfila par-dessus ses vêtements en le serrant autour d'elle, comme une petite partie d'Anne dont elle s'entourait pour se réchauffer.

Elle resta là longtemps, assise au bord de la baignoire, les yeux vides, se berçant d'un léger balancement d'avant en arrière.

En promenant son regard autour d'elle, elle aperçut soudain son reflet dans la glace. Cela la réveilla en sursaut. Elle enleva le peignoir précipitamment, l'accrocha à sa place, et sortit de la salle de bains, fuyant son image et cette insensibilité dans laquelle elle se sentait plongée.

Elle voulait s'en aller de l'appartement, très vite.

Elle se retrouva dehors en train de marcher rapidement. Elle voulait voir du monde le plus vite possible, rencontrer des gens heureux, écouter de la musique, parler à quelqu'un.

Il fallait qu'elle touche quelque chose de vivant.

12

Quand Anne et Pierre arrivèrent à l'Alcazar, Stéphane et Bertrand étaient déjà là, avec une bouteille de champagne sur la table. Il y avait beaucoup de monde. Stéphane se leva pour faire un grand signe de la main et fit mine de s'évanouir d'admiration en voyant Anne s'approcher d'une démarche un peu chaloupée. Elle était suivie par tous les regards.

On s'embrassa beaucoup.

Anne tarda à s'asseoir, profitant de son succès, et l'on expliqua rapidement que la petite avait sa crise.

Stéphane qui – en principe – aurait dû être désolé de son absence exprima ses regrets avec un simple « Ah bon » laconique, et on ne s'attarda pas sur le sujet.

Pourtant, Anne, après un verre de champagne, se releva pour aller téléphoner. Elle revint cinq minutes plus tard un peu assombrie.

– Elle est sortie, dit-elle en se rasseyant.

Stéphane lui donna un autre verre de champagne et, comme le spectacle commençait, elle redevint peu à peu très gaie.

Elle riait beaucoup et applaudissait très fort. Pierre était plus réservé. Le spectacle de travestis le gênait toujours. Ils lui hérissaient le poil et ne le faisaient pas rire du tout. En revanche, Stéphane et Bertrand s'amusaient énormément et semblaient adorer cela.

Pierre en fut très étonné, surtout de la part de Bertrand. Eux, d'ordinaire si pudiques et si réservés sur ce chapitre ambigu, exprimaient une joie presque sauvage à la vue de ces hommes maquillés et déguisés ; et, plus ils étaient ridicules, plus leur joie était grande.

Pierre n'aimait pas leurs yeux et leurs éclats de rire. Il recula sa chaise et s'y adossa très en arrière pour se mettre à l'écart de cette jubilation malsaine qui le dégoûtait.

Anne lui tournait presque le dos, mais se retournait fréquemment vers lui avec de grands sourires et des regards brillants derrière sa mèche.

C'est dans un de ces mouvements vers Pierre que le regard d'Anne tomba sur un jeune homme appuyé à un pilier de la salle, de l'autre côté de la table, et qui la regardait, fasciné.

Ce fut juste un éclair. Elle nota au passage qu'il était très beau et très jeune. C'est tout.

Elle continua à regarder le spectacle, puis elle rit un peu trop fort à une plaisanterie de Stéphane, et son regard revint machinalement se poser sur le garçon qui la regardait toujours. Cette fois, leurs yeux s'accrochèrent, et Anne en fut un peu troublée. Elle n'avait jamais reçu un regard à la fois si animal et si pur.

Elle tenta de se reprendre et regarda le spectacle avec une attention extrême, mais elle sentait les yeux du garçon sur elle et riait à contretemps.

Elle décida alors de lui lancer un regard sévère, un peu distant, et tourna la tête brusquement vers lui. Mais, après un éclair de défi, son regard s'adoucit.

Il avait de longs cheveux noirs bouclés et de grands yeux très doux. Un ange… pensa-t-elle. On parle toujours d'anges blonds, celui-là est un ange brun, un ange adulte… et qui sait ce qu'il veut !

Elle se tourna de nouveau vers le spectacle, mais, peu à peu, elle s'y intéressa moins, et bientôt elle ne rit plus du tout.

Elle revenait toujours au jeune homme et s'abandonnait maintenant à son trouble avec une joie secrète. C'était simple : ils se plaisaient et, dans leurs yeux, quelque chose ressemblait à de l'amour. Anne en devint presque grave.

Rien de tout cela n'avait échappé à Pierre. Il avait suivi la progression de la chose depuis le début. Il adressa d'abord au jeune homme un long regard sans humour, chargé d'avertissements et même d'une légère menace... Peine perdue : le garçon ne regardait qu'Anne. A peine son regard effleura-t-il Pierre un instant plus tard, un regard clair, sans aucun défi. L'affrontement ne l'intéressait pas.

Pierre n'insista pas, et c'est vers Anne qu'il se retourna. Il récupéra un peu de son humour, et attendit. Il observa, il questionna du bout de l'œil. Le contact n'était pas coupé entre eux, elle lui souriait toujours, se penchait tendrement vers lui. Il n'était pas rejeté, et elle lui donnait, simplement en le regardant, les réponses aux questions muettes qu'il lui adressait.

Pierre eut un désagréable moment de flottement pendant lequel il se demanda quel rôle elle entendait lui faire jouer. Puis il décida d'attendre, de laisser faire. Comment faire autrement ? Il prit un peu plus de recul sur son siège, et s'accrocha à son humour à bras-le-corps...

C'était bientôt la fin du spectacle. Stéphane et Bertrand étaient restés totalement à part de la petite histoire. Ils reprirent une conversation que Pierre eut bien du mal à suivre. Quant à Anne, elle ne pouvait plus rien écouter.

Puis il y eut un brouhaha de chaises et beaucoup de gens se levèrent. Le jeune homme regardait toujours Anne, fixement.

Elle hésita un peu, regarda Pierre qui se balançait sur sa chaise avec un mince sourire, et se lança.

– Vous prendrez bien un peu de champagne avec nous ?

Avec nous... C'était décidé.

Le garçon fit un petit signe de tête affirmatif en rougissant, et vint s'asseoir un peu à l'écart, près d'Anne, timide et charmant.

Le sourire de Pierre était devenu plus mince, et Anne remonta sa mèche d'un geste nerveux avant de demander :

— Comment vous appelez-vous ?

Le jeune homme bredouilla quelque chose d'incompréhensible.

— Pardon ?

— Michel, répéta-t-il après avoir toussé pour s'éclaircir la voix.

Stéphane avait suivi tout cela avec un sourcil interrogateur.

Tiens ? Elle ne le connaît pas...

D'instinct, il sentit qu'il fallait meubler. Il se mit donc à raconter une histoire, et il fut très brillant et très drôle.

Anne le regardait se donner du mal pour détendre l'atmosphère, et lui sourit avec reconnaissance. Il était mieux qu'un ami : un complice.

Le jeune homme reçut sa coupe de champagne et la porta à ses lèvres en la tenant à deux mains, comme il aurait tenu un bol de café au lait. Anne regardait ses lèvres...

On fut bientôt à l'aise. On jouait. On jouait bien. Et c'est presque naturellement qu'ils partirent tous ensemble — Pierre fermant la marche, en regardant d'un air mi-figue mi-raisin le dos du jeune homme qui marchait devant lui.

Devant le vestiaire, Pierre lui demanda s'il n'avait pas de manteau.

— Non, non, répondit Michel en rougissant encore une fois.

Anne regarda rapidement Pierre, étonnée et amusée de le voir si prévenant, et elle pensa que, quelles que soient les circonstances, sa bonne éducation prenait toujours le pas sur ses sentiments.

Sur le trottoir, on se sépara rapidement. Stéphane et Bertrand partirent de leur côté, discrètement, après une petite poignée de main neutre au jeune homme qui restait là, une main dans la poche, essayant de se faire tout petit, et Anne et Pierre partirent de l'autre côté. Anne invita d'un regard le garçon à les suivre, et c'est aussi presque naturellement qu'il monta dans la voiture derrière elle.

C'était la première fois. Pour eux et pour lui.

Claude avait fui sa solitude à grands pas, et elle était rapidement arrivée place Saint-Michel. Elle fit le tour de la place, comme d'habitude, mais elle ne vit personne de connaissance.

Elle se sentait désorientée, car elle n'était jamais venue ici le soir. Tout était différent. Il n'y avait pas autour de la fontaine ce calme, cette attente désœuvrée qui régnait dans la journée. Tout était plus bruyant, plus agressif, et la nuit et les lumières des cafés donnaient à la place une allure de fête superficielle et un peu menaçante.

Tout à coup, elle reconnut de loin la silhouette d'un garçon à qui elle avait parlé quelques jours avant. Elle traversa la rue directement, sans se faufiler parmi les voitures en stationnement, car la foule la protégeait, la noyait dans son uniformité. Mais, quand elle s'approcha pour dire bonjour à celui dont elle espérait un peu de chaleur, elle récolta un regard indifférent qui passa sur elle sans s'arrêter. Le garçon ne l'avait pas reconnue.

Elle en eut un pincement dans la poitrine, un petit pincement qu'elle connaissait bien, et elle s'assit plus loin.

Puis elle se demanda si elle regrettait de ne pas être allée avec Anne, de ne pas avoir répondu au téléphone. Elle essaya de se convaincre qu'elle en souffrait, mais n'y parvint pas. Non, elle n'avait aucun regret. Elle avait simplement peur de cette insensibilité qui l'envahissait.

La seule chose solide et précise dans sa vie était son besoin d'Anne, sa peur de la perdre, en somme : sa souffrance pour Anne. Elle n'avait rien d'autre pour s'accrocher. C'était sa raison de vivre, car, au moins, sa peur et sa souffrance étaient vivantes. Que lui resterait-il si elle continuait à se sentir si froide, avec ses sentiments anesthésiés ? Il ne lui resterait rien. Elle allait se perdre…

Mais il n'y avait rien à faire, elle avait beau s'imaginer Anne joyeuse entourée de Pierre, de Bertrand, et de Stéphane qu'elle aimait bien, elle n'arrivait pas à regretter de ne pas être là-bas. Elle savait qu'elle y aurait été plus seule qu'ici et n'aurait pas supporté l'indifférence d'Anne. Pas ce soir. Pas maintenant… Qu'est-ce qui lui arrivait ?

Tout à coup, elle eut envie de crier, de hurler, pour qu'on l'aide, pour qu'on la tire de cette glace qui l'envahissait.

Arrêtez ! Arrêtez de marcher, de rire ! Regardez-moi, touchez-moi, ne me laissez pas m'enfoncer ! Ne me laissez pas partir ! Ramenez-moi !…

Mais elle était restée immobile, assise, les genoux serrés, les yeux fixés à terre. Elle savait bien que, si tout le monde se tournait vers elle en lui tendant la main, elle fuirait, mourant de peur devant ces mains tendues, comme si, au lieu de vouloir la secourir, ces mains la menaçaient, la désignaient comme une proie. Elle les imaginait se transformant en des centaines de tentacules qui viendraient l'enserrer, l'étouffer. Elle faisait fréquemment ce cauchemar.

Elle avait toujours eu une peur terrible des gens qui voulaient l'aider.

Déjà, toute petite, il suffisait d'un geste vers elle pour la faire fuir, et plus le geste était accompagné de sourires et de bonnes intentions, plus elle se rétractait, affolée.

Plus tard, cela n'avait fait qu'empirer. Il suffisait de dire « on va t'aider » pour provoquer chez elle une véritable panique. Les jambes tremblantes, elle n'avait qu'une envie : disparaître sous terre, échapper à tout prix au danger. Mais quel danger ? Personne ne lui voulait du mal, au contraire. Alors, à quoi voulait-elle échapper ?

Elle ne savait pas. Elle ne savait rien, que sa peur. Et elle restait là, écrasée, écartelée entre son désir de voir les autres se tourner vers elle, la toucher, et sa frayeur dès qu'ils tendaient la main.

Elle eut de la chance, ce soir-là. Plus tard, un groupe vint envahir le trottoir, devant la fontaine, et elle se trouva mêlée à eux sans avoir eu à faire un geste ou un pas.

L'un d'eux trébucha sur un sac, juste à côté. Elle reçut le choc d'un corps tout contre elle, et un bras lui pesa sur les épaules. Elle eut un sursaut et un recul instinctifs. Il la regarda en riant, et s'appuya plus fort sur elle. Son haleine sentait le vin. D'ailleurs, ils avaient apporté des bouteilles…

Elle se laissa entraîner par eux, écouta des conversations qui ne l'intéressaient pas, alla dans un café, revint sur la place, toujours avec eux. Pourtant, ils ne lui plaisaient pas. Ils étaient agressifs et bêtes.

Pour la première fois, elle but beaucoup. D'abord, cela lui fit du bien, puis une nausée lui vint peu à peu, un dégoût d'eux. Pourtant, elle resta à les écouter, à approuver lâchement tout ce qu'ils disaient.

Plus tard, elle sentit qu'elle commençait à être vraiment malade et voulut s'en aller discrètement. Mais l'un d'eux lui agrippa les cheveux et la força à se rasseoir.

– T'es pas bien, avec nous ? Tu veux retrouver papa-maman ?

Elle se dégagea de la main brutale et s'enfuit en courant. Elle entendit des rires et une insulte derrière elle et ne s'arrêta de courir que lorsqu'elle arriva au bord de la Seine.

L'air frais en marchant lui fit du bien, et aussi le soulagement de les avoir quittés. Elle avait une brusque envie du calme de la maison, de la propreté de la maison, de son lit, d'Anne… Maintenant, elle regrettait de ne pas être allée avec elle. Mais, si elle rentrait vite, elle pourrait peut-être la voir, l'embrasser, avant d'aller dormir.

Un peu plus tard, une voiture longea la Seine, elle aussi, et passa de la rive gauche à la rive droite.

A son bord, il y avait une jeune femme très jolie, un peu décoiffée, un homme séduisant qui conduisait vite et bien, avec un visage sans passions, et un jeune homme qui aurait pu être son petit frère, ou son fils.

Personne ne se parlait, personne ne se regardait, dans la voiture. Mais personne n'était gêné non plus. Tous trois étaient concentrés sur ce qui leur arrivait, sur cette excitation formidable de se laisser aller à faire quelque chose d'inconnu, qui vous pousse hors de la raison : l'aventure.

La position la moins confortable était sans doute celle de Pierre. Mais il s'était trouvé là, il n'avait pas su quelle attitude adopter pour faire cesser le jeu, il n'avait pas été rejeté, et il était secrètement excité, lui aussi… En somme, pour des tas de raisons, il préférait encore être ici qu'ailleurs, ce soir.

De temps en temps, il regardait le jeune homme dans le rétroviseur, mais il ne croisait pas son regard, car le garçon regardait les épaules d'Anne, devant lui, avec des yeux luisants et sérieux.

Il est très beau, pensait Pierre avec un curieux sentiment de jalousie envers lui, beau et sauvage…

Mais cette jalousie ne venait pas du fait qu'il plaisait à Anne. C'était autre chose. Et, tout à coup, il se souvint de sa jeunesse à lui, il se revit à dix-huit ans, si terne, si sérieux et si ridicule dans ses tentatives de débraillé pour se donner un charme sauvage, et il découvrit que ce jeune homme était tout ce qu'il aurait voulu être.

Il sourit en lui-même à cette pensée, et s'étonna qu'une petite blessure aussi lointaine et si puérile pût resurgir ainsi, vingt ans après. Il est vrai qu'il était sensibilisé par les circonstances, puisque Anne le forçait à regarder le charme d'un autre de près. De très près…

Il frissonna, et empêcha son imagination d'aller plus avant. Il avait toujours détesté le contact de la peau d'un homme.

Après tout, rien ne le forçait à monter chez Anne ce soir, mais d'autre part, il savait qu'il ne supporterait pas de la laisser seule face à cette jeune peau, à ces cheveux fous et bouclés, à ces yeux sombres, face à tout ce charme de dix-huit ans qui était là, sur la banquette arrière.

Ce n'est pas avec ma femme qu'une chose pareille me serait arrivée !

Il ne sut pourquoi cette réflexion lui était venue à l'esprit et pensa que, décidément, ce petit jeune homme avait l'art de le replonger dans son passé.

Malgré lui, il pensa à la scène qui devrait logiquement se passer, là-haut, dans la chambre… Mais il se trouva pauvre d'imagination, de folie, et n'arriva pas à se représenter quelque chose de précis.

Par quel bout commence-t-on ? Si j'avais su, j'aurais été voir plus de films pornos !

Cette réflexion l'amusa. Un peu.

Quand même ! J'arrive encore à me faire rire…

Anne prit une cigarette et tendit son paquet au jeune homme par-dessus son épaule. Il refusa d'un geste.

Pierre trouva son briquet dans sa poche et donna du feu à Anne, d'une seule main et du premier coup. Il se surprit d'avoir des gestes d'une parfaite aisance.

Ils avaient tous les trois cette aisance que donnent parfois les moments exceptionnels.

Claude tournait juste au coin de la rue quand elle vit la voiture de Pierre se garer devant la maison.

Au lieu d'aller à leur rencontre, elle eut le réflexe de se

reculer dans l'ombre, le long du mur, un réflexe de gosse qui rentre tard pour la première fois, et qui veut éviter les questions, simplement. Elle ne faisait d'ailleurs pas de grands efforts pour se cacher, elle restait là, sur place, à les regarder.

Sans que son visage exprimât aucune surprise, elle vit Anne sortir de la voiture, avec un jeune homme qu'elle prit par la main pour le faire entrer dans la maison, puis Pierre sortir à son tour, fermer les portes de la voiture en les regardant, et les suivre.

Claude resta immobile, et personne n'aurait pu dire ce qui se passait en elle.

Elle sentait qu'il fallait attendre un peu. C'est tout.

Là-haut, dans l'appartement, Anne avait entraîné le jeune homme directement dans la chambre, mais elle ne lui tenait plus la main.

Elle se débarrassa rapidement de son manteau, de son sac, et défroissa sa robe en passant les mains à plat sur son ventre, ses hanches. Peut-être aussi avait-elle les mains légèrement moites. Un trac délicieux est un trac quand même.

Celui du jeune homme le fit asseoir, mal posé, sur un coin du lit.

Pierre s'attardait dans le living et remuait des bouteilles. Il était furieux contre lui-même, contre Anne, contre tout. Cela l'avait pris dans l'escalier. Il se maudissait d'avoir supporté cela sans rien dire, de s'être fait complice du jeu malsain d'Anne, d'être monté. Il avait mal au cœur et aurait donné n'importe quoi pour être dans son lit.

Tant pis. Il avait joué le jeu, il fallait le jouer jusqu'au bout.

Il entendit Anne sortir dans le couloir et devina qu'elle allait se rassurer sur le sort de Claude.

Il sortit une bouteille et fit quelques frais de maître de maison. Quitte à jouer un rôle, il préférait celui-là, même s'il était faux.

– Michel ? Un whisky ? lança-t-il en direction de la chambre.

Un borborygme lui parvint en retour, et il pensa que ce garçon n'avait pas la parole facile…

– Comment ?

– Oui, entendit-il enfin clairement.

Il remplit deux verres, et deux verres seulement. Non pas parce qu'il n'avait que deux mains, mais par manière de représailles contre Anne. C'était mesquin.

Quand il entra dans la chambre avec ses deux verres, Anne revenait du couloir. Elle ferma la porte derrière elle.

– Elle dort ? lui demanda Pierre.

– Non. Elle n'est pas encore rentrée.

Pierre joua une surprise excessive, un peu paternaliste, sans doute parce qu'un jeune étranger le regardait.

– A cette heure-là ! Qu'est-ce qu'elle peut bien faire ? Elle a de l'argent ?

– Non. A moins qu'elle n'en ait trouvé, répondit Anne.

– … A moins qu'elle n'ait trouvé quelqu'un, ajouta Pierre.

Cette réflexion d'un goût douteux ne lui ressemblait pas, mais il faisait ce qu'il pouvait. D'ailleurs, Anne n'était pas plus brillante, avec ce petit rire entendu qu'elle lança en réponse.

Michel, toujours assis au bord du lit, sourit à tout hasard. Anne, voyant qu'il était perdu, expliqua en deux mots de qui il s'agissait.

– C'est ma sœur. Elle est un peu… difficile.

Pierre s'assit dans un fauteuil avec son verre, croisant les jambes, dans une position ostensiblement très correcte, et regarda Anne, attendant la suite des événements. Elle avait mené les choses jusque-là, qu'elle continue.

Le jeune homme n'avait pas touché à son whisky, et regardait Anne, toujours aussi pur et aussi animal. Elle lui prit doucement le verre des mains, en but une gorgée, le lui rendit, et resta immobile, face à lui, à le regarder dans les yeux. Rien ne bougeait.

Il y eut un long temps mort que Pierre coupa par un « Alors ? » ironique.

Anne tourna rapidement la tête vers lui, et lui adressa un œil noir dans le sens « toi, tu ne vas pas me gâcher l'ambiance, hein ? ». Il y répondit en décroisant ses jambes et en les recroisant dans l'autre sens, et il continua à contempler les futurs amants avec un regard de chat qui guette.

Anne prit le verre des mains du jeune homme, le posa à terre et s'assit sur le lit à côté de lui. Elle commença à lui embrasser la bouche, et il répondit à ce baiser avec enthousiasme et maladresse. Puis elle le fit basculer sur le lit, gémit un peu, et ils froissèrent beaucoup de tissu pour rien…

C'était un peu vasouillard, tout ça.

Pierre n'avait pas bougé, mais un éclair gris vint métalliser son regard, et une légère moue de dégoût tira un coin de sa bouche.

Tout à coup, il éclata de rire.

– On dirait vraiment une mauvaise scène de cul dans un très mauvais film de… oh, pardon !

Anne s'était dressée sur ses bras, au-dessus de Michel, la joue très rose et l'œil plus que brillant dans la menace.

Ah non, tu ne me la gâcheras pas, cette nuit…

Puis elle rit à son tour, d'un rire de gorge narquois, et se releva brusquement. Sans cesser de regarder Pierre, elle commença à se déshabiller avec des gestes sûrs.

Une chaussure, deux chaussures, une boucle d'oreille…

Claude était rentrée et personne ne l'avait entendue.

Elle avait vu la porte de la chambre fermée et était restée debout au milieu du couloir, le visage toujours impassible. Puis elle avait entendu le rire d'Anne, après un long silence…

Elle n'alluma pas la lumière pour se diriger vers sa chambre, comme à regret.

Pierre regardait Anne se déshabiller avec un drôle de regard où passait une ombre de tristesse, sans bouger, en serrant son verre un peu trop fort.

Anne sourit au garçon qui retirait sa veste, et baissa la fermeture Éclair de sa robe. Elle allait l'enlever complètement, Michel allait retirer sa deuxième chaussure et Pierre allait boire une gorgée, résigné, quand deux coups furent frappés très doucement à la porte de la chambre...

Un grand ange passa lentement et fit le tour de la pièce en se posant sur chaque tête.

Ils étaient tous encore figés sur place, quand deux autres coups furent frappés, accompagnés d'une petite voix :

— Anne ?

Anne remit machinalement les bretelles de sa robe.

— Qu'est-ce qu'il y a ?... C'est toi ?

— Bah oui... C'est moi.

— Qu'est-ce qu'il y a ? répéta Anne d'une voix nerveuse en passant la main dans ses cheveux emmêlés. Qu'est-ce que tu veux ?

Il y eut un grand silence, derrière la porte, puis la voix de Claude passa, très « petit chat mouillé » :

— Je voudrais te dire bonsoir...

Anne mima un piétinement excédé tandis que Pierre était secoué par un rire silencieux, et que le jeune homme, ahuri, restait avec une chaussure à la main.

Anne lança un regard furieux à Pierre qui s'étranglait, le nez dans son verre, avant de dire d'une voix sèche :

— Ah, écoute, coco, je suis fatiguée, hein !... Bonsoir.

Un tout petit « bonsoir » traversa la porte en écho.

Anne prit une grande inspiration, fit un geste de la main pour faire taire Pierre qui riait toujours, puis remonta vers le lit en caressant l'épaule de Michel au passage, et entreprit de retirer le couvre-lit.

L'ambiance avait quand même baissé d'un cran. Mais Anne allait, cette fois pour de bon, retirer sa robe quand deux coups furent frappés à la porte…

Anne, à la tête du lit, se releva brusquement, comme si on lui avait tapé dans le dos, et commença à prendre de vraies couleurs.

Et la petite voix de Claude retraversa la porte :

— C'est moi…

— Ça, je le sais, que c'est toi ! Qu'est-ce qu'il y a, encore ?

— J'ai mal à la tête…

— Et alors ?

— Il me faut deux aspirines.

— Tu veux que je te fasse visiter la maison ?

— Pourquoi ?

— Pour trouver la cuisine ! cria Anne exaspérée… Hein ? Il n'y a pas d'eau, dans la cuisine ?

— Si. Mais…

— Mais quoi ?

— Il n'y a pas les aspirines…

Anne ne répondit rien, le découragement commençait à l'envahir. Ses bras tombèrent mollement le long de son corps quand elle entendit la voix de Claude préciser :

— … Elles sont dans la salle de bains.

Pierre avait relégué son fou rire dans l'œil, et le jeune homme était totalement dépassé. Quant à Anne, elle capitula quand la petite voix apporta une dernière précision :

— … Dans l'armoire à pharmacie.

C'en était trop. Anne avait également le sens du ridicule, et tout ça risquait fort de le devenir. Elle alla donc ouvrir la porte sans plus tergiverser, en oubliant complètement que sa robe était ouverte du haut jusqu'en bas.

Claude fit son entrée, avec un air effectivement très « petit chat mouillé », et ses yeux creusés pouvaient prouver qu'elle avait vraiment mal à la tête. Elle embrassa Anne sans avoir l'air de remarquer la robe ouverte, les cheveux mêlés, les joues colorées, et le regard chaud et froid de sa sœur, puis elle alla à petits pas embrasser Pierre consciencieusement sur les deux joues. Seulement alors elle tourna son regard vers le jeune homme, un regard sans expression, qui se fixa sur lui.

Anne fit les présentations de loin, en gardant la main sur la poignée de la porte.

– Michel... Ma sœur.

Claude laissa tomber un minuscule « bonsoir » et passa dans la salle de bains.

C'était l'innocence même. Elle n'en faisait pas trop. Ou si bien...

Michel, après un signe de tête poli, la regarda passer devant lui, sa chaussure sur les genoux. Pierre ne riait plus, et contemplait ce qui se passait dans le fond de son verre, tandis qu'Anne, les bras croisés, s'appuyait au mur près de la porte. Une porte qu'elle avait, bien entendu, laissée ouverte.

Claude revint quelques instants plus tard avec un verre dans les mains et le « pchrruii » de l'aspirine qui fondait.

Concentrée sur son verre, elle contourna le lit, toujours à petits pas, arriva à proximité d'une chaise... et s'assit, au beau milieu des événements.

Pour le coup, Pierre récupéra un fond d'œil rigolard, et regarda Anne, Anne accablée, qui n'eut même pas la force de réagir.

Claude s'arracha à la fascination qu'exerçaient sur elle les pastilles qui fondaient pour lever les yeux vers Anne et lui demander :

– Ça va ?

– Ça va, répondit-elle lâchement, croyant en finir ainsi au plus vite.

Mais Claude continuait :

– Tu as passé une bonne soirée ?

– Très bonne. Tu as eu tort de ne pas venir…, répondit Anne encore plus lâchement, et toujours pour la même raison.

Claude ne bougea pas et ajouta après un petit temps :

– Moi, je me suis emmerdée…

Anne pensa que ce n'était pas une raison pour emmerder les autres, mais garda cette pensée pour elle et choisit pour réponse un « Ah bon » lapidaire qui aurait dû mettre fin à la conversation… si Claude ne s'était sentie en veine de mondanités, car elle poursuivait, imperturbable :

– Non, je n'ai pas passé une bonne soirée. Je m'étais dit : tiens, je vais sortir un peu… Alors j'ai marché jusqu'à Saint-Michel, et j'ai trouvé…

Et elle se lança dans une description détaillée de sa soirée, elle qui jamais ne parlait de ses sorties, et qui fuyait toute question à ce sujet. Sauf ce soir…

Au cours de la longue période de Claude, la tension monta, dans la chambre ; et, quand la tirade se termina, elle était à son comble.

Le silence retombé, Anne décida d'en finir :

– Tu n'as pas sommeil ?

– Moi ? Non, répondit Claude.

Pierre replongea dans son verre, et Anne se sentit prête à exploser. Elle prononça lentement, d'une voix contenue :

– Tu ne te coucherais pas quand même, par hasard ?

Cette fois, Claude dut sentir qu'une certaine limite était atteinte, car elle se leva.

– Ah bon ? Il fallait le dire…

Et elle se dirigea vers la porte.

Anne aurait juré que Claude avait eu un petit sourire sarcastique en passant… Mais non, ce n'était pas possible ! Pas elle ! Elle était simplement inconsciente, cette petite ! Mais, la porte refermée, Anne n'était toujours pas sûre que Claude n'ait pas eu un certain sourire.

D'autant plus qu'un « bonne nuit » sonore retentit, venant du couloir.

Claude s'était permis une dernière manifestation importune.

Anne resta un instant appuyée à la porte, dans l'attitude de quelqu'un qui se contient, puis elle se dirigea lentement vers le lit, vers Michel qui la regardait s'approcher.

Pierre ne riait plus, maintenant. Il avait décroisé ses jambes, son bras était tombé de l'accoudoir, et il ne pensait plus à boire son whisky. Il regardait le lit.

Il n'avait pas réussi à empoisonner l'atmosphère – Claude non plus ; il ne lui restait plus qu'à accepter.

Il regardait les deux corps enlacés sur le lit, Anne si chaude et si ondoyante, et qui ne trichait pas, et il se demanda si elle l'avait jamais embrassé, lui, comme elle embrassait ce jeune homme, avec une bouche de fauve.

Il n'avait pas l'impression de souffrir, il était fasciné. Il n'avait jamais vécu des minutes aussi violentes. Il ne pensa pas à s'en aller. Sans les quitter des yeux, il posa son verre à terre et commença à se déshabiller…

Très tard dans la nuit, alors que tout était sombre, la porte de la chambre s'ouvrit doucement et une jeune silhouette aux cheveux bouclés sortit sans faire de bruit et se dirigea à tâtons vers la porte d'entrée. Le jeune homme ouvrit la porte sans bruit, et c'est alors qu'il entendit chuchoter :

– Michel ?

– Hein ? chuchota-t-il lui aussi en cherchant à distinguer d'où venait cette voix dans la pénombre.

Puis il vit la silhouette noire de Claude qui s'approchait sur la pointe des pieds. Elle était restée tout habillée, et il est probable qu'elle n'avait pas dormi, guettant son départ.

Elle le rejoignit, un doigt sur la bouche, pour lui indiquer de ne pas faire de bruit, Michel retint la porte pour qu'elle ne grince pas, et leurs chuchotements, la pénombre, et les précautions qu'ils prenaient rendaient tout cela étrangement intime.

Que voulait-elle lui dire ? Il ne la connaissait pas…

— Quoi ? fit-il en se penchant vers elle.

Pour toute réponse, elle lui passa tendrement un bras autour du cou, et l'embrassa au jugé, sur tout ce qui tombait à sa portée, les yeux, les cheveux, le nez, comme une enfant.

Il la serra un instant contre lui, maladroitement, embrassa une oreille. Il avait toujours la main sur la porte, il n'était pas question d'autre chose. D'ailleurs, Claude le poussait déjà dehors avec des petites mains affairées et tendres.

Il y eut juste un court mais merveilleux regard entre eux. Il était déjà sorti et elle repartait vers sa chambre.

Des enfants…

13

Anne se réveilla la première, le lendemain matin et, dans une demi-inconscience, s'étonna d'être au milieu du lit, sans oreiller et recouverte seulement par un drap chiffonné.

Elle sentait Pierre tout contre elle, qui dormait en lui tournant le dos, à l'extrême bord du lit ; en ouvrant les yeux, elle vit une place vide, à côté d'elle, et son oreiller qui gardait la marque en creux d'une tête brune et bouclée.

Alors elle se souvint.

Elle s'écarta doucement de Pierre et récupéra son oreiller.

Michel était parti… Elle n'en était ni surprise ni déçue. Au contraire. Elle avait craint, hier soir, de s'encombrer d'un jeune amour importun, et d'avoir à mettre au point certaines choses. C'est sensible, à cet âge-là, ça s'enflamme facilement, surtout après une nuit comme celle-ci. C'était très bien, qu'il soit parti. Tout était bien.

Elle avait souvent rêvé qu'une aventure comme celle-là lui arrivât. Elle l'avait eue.

Elle avait toujours eu ce qu'elle voulait. Il suffisait d'être adroite… Quand elle avait envie de quelque chose, rien ne pouvait lui résister ni la détourner de son désir. Elle était capable de tout renverser sur son passage, et elle ne connaissait aucune force ni personne qui pût lui résister. Surtout pas Pierre.

Elle s'étira dans le lit. Elle se sentait bien, satisfaite que cette nuit ait ressemblé à ce qu'elle avait imaginé : une fête de la peau. Une fête simple. En somme, tout cela n'était pas aussi complexe et trouble qu'on voulait bien le dire ! Il suffisait de laisser aller son corps. C'était plutôt gai.

Elle ne pensait pas que réduire le mystère du désir à une simple question d'épiderme témoignait finalement d'une sensualité assez étriquée. Elle pensait que cette belle nuit devait être logiquement suivie d'une bonne journée.

Elle se leva d'un mouvement souple, ramassa la couverture qui avait glissé à terre au cours des ébats et ses vêtements éparpillés sur la moquette. Elle était nue avec une liberté extraordinaire, animale. Le pied bien posé sur le sol, l'épaule libre, et le dos était tout entier un support pour la tête, d'un seul mouvement depuis les reins jusqu'au regard, sans langueur. Aucun poids sur le cœur ou dans son corps ne venait alourdir ou rétrécir ses mouvements. La nuit l'avait laissée nette et déliée.

Elle alla entrouvrir les doubles rideaux de la fenêtre en jetant au passage un coup d'œil sur la silhouette de Pierre endormi. D'ordinaire, il reposait à plat sur le dos, mais aujourd'hui, il était couché sur le côté, légèrement recroquevillé, et la forme de son corps pouvait évoquer une souffrance, un blessé.

Anne ne laissa pas son regard s'attarder sur lui. Pourtant, c'est émouvant, un homme qui dort. Il y a plus d'enfance chez les hommes couchés que chez les femmes : comme si la position allongée leur était moins naturelle, ils ressemblent en dormant à des arbres abattus.

Il allait faire beau, aujourd'hui. Il y avait déjà un soleil un peu fragile. Anne regarda le jour en serrant ses bras autour d'elle, puis elle passa dans la salle de bains.

Si elle s'était retournée brusquement ou si elle avait regardé Pierre avec un peu d'attention, elle aurait vu qu'il ne dormait pas. Il l'observait entre ses cils, sans bouger, et quand Anne sortit de la chambre, son regard resta fixé sur la fenêtre, à l'endroit qu'elle venait de quitter.

Il entendit des bruits d'eau, un froissement doux de serviette, et Anne chantonna doucement quelques notes. Cela lui fit mal. Comme il avait eu mal de la voir bouger si librement. Il l'aurait voulue alourdie par la nuit, un peu douloureuse, fragile. Il aurait voulu qu'elle se tourne vers lui pour qu'il la console, sans savoir très bien de quoi. De quelque blessure invisible. D'une flétrissure. De la nuit…

Mais Anne était droite et lisse, elle chantonnait dans la salle de bains et l'avait à peine regardé. Pas un geste, pas un appel, pas une tendresse de peau, même pas d'attention envers lui. Ce matin, elle lui faisait mal d'être si forte.

Il était incapable de parler, de bouger, ses membres étaient ankylosés, son corps était tout entier endolori. En somme, il se sentait exactement comme il aurait voulu qu'elle se sente, elle. Mais à lui était tout le poids, atteint dans sa chair comme s'il avait été violé. D'ailleurs, ne l'avait-il pas été ? Un peu… Ce matin, il n'avait pas la force d'en sourire. Il était vidé de sa force.

Comment n'avait-il pas trouvé le mot, le geste, qui aurait arrêté Anne ? Pourquoi l'avoir suivie, surtout, lui qui était révulsé à la seule évocation d'une partouze ou autre comédie dans le style ? C'était impensable. Il fallait qu'un sentiment violent l'ait poussé à rester avec Anne à tout prix, l'ait rendu muet, consentant. Une attache si forte que… Il ne voulut pas penser le mot « amour », mais c'était trop tard.

Il vit Anne repasser devant lui, sportive, et se diriger vers le living.

C'est vrai ! Le sacro-saint café du matin…

Elle ne l'avait toujours pas regardé. Il lui en voulut d'aller prendre son café, de faire paisiblement les mêmes gestes que d'habitude, et il sentit son corps s'alourdir davantage.

Anne traversa le living à grandes enjambées en terminant de nouer son peignoir. Elle entra dans la cuisine et se dirigea droit vers les casseroles. Puis elle s'aperçut de la présence de Claude, assise sur un tabouret, tout contre la fenêtre, qui la regardait.

— Café, madame ? lui demanda Anne.

Claude fit un petit signe de tête affirmatif. Elle avait le même regard que Pierre. Un regard nu. A vide.

Même le bruit des casseroles et des objets que remuait Anne était différent. Ils résonnaient étrangement, comme si la maison entière était engourdie. Les choses et les gens. Anne était la seule à bouger, et les autres la regardaient créer le mouvement, démarrer la journée, la vie. Pour elle, c'était vraiment un autre jour. Si Anne n'avait pas été ainsi, forte, vivante, peut-être Pierre serait-il resté au lit, et Claude à la fenêtre, immobiles, dans une maison où tout semblait pétrifié. Pendant combien de temps ?

En attendant que l'eau chauffe, Anne vint à la fenêtre, à côté de Claude, et elle remit ses bras autour d'elle, comme dans la chambre. Mais ce geste manquait d'abandon, d'intimité. Ses bras étaient simplement, solidement autour d'elle.

Toutes deux regardaient dehors. Puis Claude tourna la tête vers Anne, et la regarda, le visage levé. Anne ne bougeait plus. Et il passa quelque chose entre elles. Ce matin, elles auraient pu parler. Profiter de ce calme, de ce temps mort pour dire, répondre, anéantir des barrières. D'ailleurs, Claude ouvrait la bouche…

— Dis…

Elle s'arrêta.

Anne fit un murmure très doux, à peine interrogateur, un petit son musical qui voulait dire « continue ». Elle regardait toujours au-dehors, sans bouger.

— … Tu veux toujours la repeindre, cette cuisine ?

Avec cette intonation, Claude aurait pu dire « Comment ça s'est passé, tout ça ? », ou « Qu'est-ce que tu vas faire de moi ? » ou bien « Est-ce que tu m'aimes ? », et Anne aurait pu lui répondre. Peut-être… Mais elle suivit Claude dans l'absurde, tout naturellement :

— Et comment ! Mais pas tout de suite, ça n'est pas le moment. A la fin du mois, peut-être…

— Ah bon ?

— On va sans doute vendre la collection à une boîte italienne. Si ça se fait, je toucherai des droits.

— C'est bien, ça…

— Oui.

Elles disaient tout cela aussi doucement, aussi précautionneusement que si elles avaient parlé de tendresse, sans se regarder.

Après un long silence, Claude continua, avec le même décalage entre le ton de sa voix et les mots qu'elle prononçait, comme s'ils avaient perdu leur sens.

— En jaune ?

— Heu… Oui. Non ?

— si.

— Enfin, un jaune… un jaune, heu… Tu vois ?

— Mumm…, fit Claude gravement.

Et, après un grand temps, elle ajouta :

— … Ça sera gai.

Claude ne s'était pas rendu compte du comique de son intonation.

Il y eut un silence, puis Anne commença à rire, appuyée à la vitre. Un doux fou rire.

Dans le lit, Pierre n'avait pas remué un petit doigt, mais ce rire qui lui parvenait de loin le força à bouger – pas beaucoup. Il se mit péniblement sur le dos.

Le rire s'approchait. Il entendit un bruit de tasses que l'on pose sur une table, et Anne apparut dans l'encadrement de la porte. Elle s'arrêta en le voyant et lui sourit, claire :

— Bonjour, vous.

Pierre nota qu'elle était en beauté.

Elle ramassa la chemise de Pierre qui traînait là, rassembla ses chaussures. Il la regardait évoluer devant lui. Il ne la détestait pas – il l'enviait.

Elle ressortit de la pièce à la même allure sportive.

– Café ? demanda-t-elle avant de passer la porte.

Il eut une sorte de sursaut, une seconde d'hésitation, puis il rejeta les draps et se leva précipitamment. Il attrapa son pantalon, sa chemise.

– Dis donc, tu as vu l'heure ! Je vais être en retard, moi. J'ai un rendez-vous très tôt !

Anne le regardait s'habiller à la hâte, ébahie.

– Bah… Et ton café ?

– Ah non, ma puce, je n'ai pas le temps. Je dois être au bureau dans un quart d'heure !

Anne restait interdite devant ce numéro d'homme pressé.

Il enfila sa veste et vint déposer un baiser rapide sur un coin de joue.

– A ce soir. Je me sauve !

C'était le moins qu'on puisse dire…

– A ce soir…, répondit machinalement Anne pensive.

Pierre sortit de l'immeuble en courant.

Deux rues plus loin, il courait toujours, et il s'aperçut qu'il était en train de se jouer la comédie à lui-même. Alors, il ralentit son pas et se mit à marcher normalement. Puisqu'il n'était pas pressé.

Là-haut, on prenait le café en silence. On ne parlait plus, même pas de peinture. Le moment était passé, perdu. C'est pour elle-même qu'Anne prononça :

– Moi aussi, je serai en retard. Mais, ce matin, je m'en fous…

Claude eut un rapide regard vers elle.

Ce fut la seule allusion d'Anne au fait que ce matin n'était peut-être pas tout à fait comme les autres.

La maison était encore tout engourdie.

Tout à coup, Anne arrêta sa tasse à mi-chemin de ses lèvres, happée par une idée. Une idée saugrenue.

— Je vais te faire un cadeau…, dit-elle lentement.

— Ah bon ? fit Claude surprise.

— Oui… Je vais t'offrir un petit chat.

Claude resta figée, et le sourire qu'elle avait amorcé s'éteignit peu à peu.

Anne était presque aussi stupéfaite qu'elle de cette idée qui lui était venue brusquement. Était-ce le fait d'avoir été particulièrement « entourée » cette nuit qui lui faisait prendre conscience de la solitude de Claude ? De sa solitude physique ? Voulait-elle lui offrir un peu de chaleur, un petit être qu'elle pourrait toucher, tenir contre elle ? Et puis c'est gênant, à la fin, quelqu'un qui reste là, pauvre de tout, alors qu'on est soi-même à peu près comblé. On a envie de lui donner quelque chose, de jeter des miettes de bonheur vers lui, moins par vraie générosité que pour détourner ce regard de vous – ce regard qui demande.

Oui, il aurait fallu que Claude trouve quelqu'un…

En attendant, pourquoi pas un chat ? Anne ne pouvait guère faire mieux.

— Ça serait bien, non ? Tu t'en occuperais, tu le caresserais…

Claude la regardait toujours, la bouche un peu tremblante, bouleversée par l'idée. Mais, malgré elle, insensiblement, sa tête se mit à faire « non ».

— Tu ne veux pas ?… Mais pourquoi ?

— Je ne sais pas…

Anne regarda un instant la tête baissée de Claude, et crispa les lèvres.

Décidément, il n'y avait rien à faire, avec cette gamine. Pas même des cadeaux.

Elle se resservit du café avec un petit air vexé.

Claude, les deux mains sur les genoux, gardait la tête baissée. Elle se souvenait… Elle se souvenait d'une petite scène lointaine de sa vie, qu'elle avait oubliée. Anne venait de la lui rappeler.

Elle devait avoir quatorze ans. Elle se promenait aux

alentours du jardin, en Bretagne, quand elle avait vu un petit chat. Un chat de quelques mois, tigré, adorable. Elle s'était arrêtée pour le regarder, et, soudain, elle avait eu une envie folle, frénétique, de le serrer contre elle. Elle s'était approchée doucement, mais le chat s'était enfui. Elle l'avait poursuivi obstinément, escaladant les barrières, se griffant les jambes aux broussailles. Le chat lui échappait toujours. Pendant très longtemps, elle l'avait suivi, désespérée dès qu'elle ne le voyait plus.

Enfin, elle avait attrapé le petit animal qui se débattait, avait enfoncé son visage dans la fourrure avec une telle envie de l'embrasser qu'elle l'avait mordu, et serré si fort contre elle que le chat avait hurlé de douleur. Effrayée, elle avait écarté les bras, et il s'était sauvé tant bien que mal, avec d'affreux miaulements plaintifs.

Claude en était restée tremblante pendant une demi-heure, avec quelque chose dans sa poitrine qui se serrait convulsivement, les joues en feu. Elle avait fait mal à ce petit chat par excès d'amour. Elle s'était fait peur…

Elle eut envie de demander pardon de son geste à la terre entière. Elle aurait voulu passer sa vie à caresser ce petit chat pour qu'il oublie le mal qu'elle lui avait fait. Elle en était malade.

Pendant des jours, elle alla porter du lait en cachette, derrière le mur du jardin, dans l'espoir de l'apercevoir de nouveau. Elle l'aperçut parfois – il s'enfuyait dès qu'il la voyait. Elle en fut si malheureuse que son cœur se serrait chaque fois qu'elle pensait à lui. Elle avait même inventé une prière pour lui, pour qu'il vive éternellement et qu'il ne souffre plus jamais.

Anne, quant à elle, était en train de se persuader qu'il était désormais inutile de faire le moindre geste vers Claude. Elle avait compris. Cette sale gosse se mettait à faire la tête dès qu'on voulait lui faire plaisir, il valait mieux dorénavant la laisser dans son coin.

Mais pendant combien de temps ?

Anne n'avait jamais vraiment tenté de répondre à la question. Sauf un jour… Stéphane lui avait dit en plaisantant : « Oh, j'imagine très bien Claude sur son pouf à soixante ans… »

Anne en avait eu froid dans le dos. D'horribles pensées lui étaient venues. C'était vrai. Il n'y avait aucune raison pour que Claude ne soit pas encore là à soixante ans si tout continuait ainsi.

Anne avait secoué la vision de cauchemar en se disant qu'il fallait faire confiance à la vie. Elle arrangeait si bien les choses…

Pour l'instant, après ce dernier fiasco de ses bonnes intentions, Anne venait de claquer une porte morale au nez de Claude. Elle pourrait toujours tambouriner, appeler à l'aide, ce parasite à l'état pur ne tirerait plus un geste d'elle, et surtout pas un geste gentil comme celui-là !

Sur cette résolution, Anne jeta un dernier regard à la tête toujours baissée de Claude, soupira, et posa sa tasse d'un geste sec :

— Bon. Il faut que j'y aille…

Comme Claude n'avait apparemment aucune réaction, Anne se leva, s'habilla, et sortit sans qu'un mot de plus soit prononcé.

Pourtant, c'était un matin à parler…

2

14

Ce fut peut-être à partir de ce jour que l'équilibre de la maison commença vraiment à basculer.

Peut-être...

La vie continua. Il y eut d'autres jours, d'autres discussions, d'autres dîners, mais ce n'était plus pareil. La joie, si chère à Anne, avait commencé à disparaître, et personne n'aurait pu dire comment. On ne s'en aperçut pas, au début. C'était dans l'air.

Stéphane et Bertrand espacèrent leurs visites et, même lorsqu'ils étaient là, la soirée n'était plus aussi légère qu'avant.

Avant...

C'était dans la maison aussi, peut-être. On aurait dit qu'elle était restée engourdie. Les objets y étaient moins brillants, la moquette paraissait moins claire à Anne, un peu terne.

Elle qui était si fière de ses rires éclatants se mit à rire moins fort, et moins souvent. Elle commençait à avoir un soupçon de mauvais caractère. Dommage. Elle avait horreur de cela, pour les autres comme pour elle-même, et constater sa mauvaise humeur la rendait plus maussade encore.

Elle se demanda si elle ne commençait pas à vieillir...

Même pendant la période de collection, elle fut un

peu éteinte, un peu morne. Habituellement, elle jubilait huit jours avant, sautait partout, et Stéphane disait qu'il aimerait bien la mettre en cage, tant elle fatiguait le peuple.

Cette fois, elle fut d'une telle sagesse qu'il s'inquiéta.

– Qu'est-ce qu'il y a ? Tu n'es pas contente de la collection ?

– Si si…

– Rigole, alors !

– Ha ha…

Et il n'arriva pas à tirer d'elle une exclamation plus enthousiaste.

Il en resta perplexe.

A la maison, Anne appliquait à la lettre les résolutions qu'elle avait prises vis-à-vis de Claude : plus de projets de cadeaux, plus de projets du tout, plus de tentatives de rapprochement. On laissait la petite croupir dans son coin.

Claude en souffrait, bien sûr, mais pas comme avant.

Avant…

Depuis le jour de la fameuse sortie ratée – du moins pour elle –, Claude avait gardé cette sorte d'insensibilité, de distance de ses sentiments. Elle ne reconnaissait plus ses douleurs. Sa souffrance l'entourait comme une ombre et la suivait partout, mais elle ne pouvait plus la toucher, s'y plonger – s'y réchauffer, pourquoi pas ?

La zone de vide autour d'elle s'élargissait toujours, et elle en était le noyau central. Un noyau qui se refroidissait petit à petit, inexorablement.

Quand elle avait découvert cela, le soir où elle n'avait pas suivi Anne, elle avait eu très peur. Maintenant, elle ne savait plus. Elle dérivait doucement vers le vide et se regardait dériver, comme si elle n'était plus en cause.

« … Ça fait son chemin calmement, ça coupe tout doucement certains ponts intérieurs et, un jour, le passage est fait. Sans qu'on s'en aperçoive, on est passé d'un état à un autre… On peut même très bien vivre comme cela. Seulement, toutes les couleurs ont changé… »

De plus en plus fréquemment, maintenant, elle avait des absences. La notion du temps lui échappait, parfois pendant des heures.

Un jour, elle était près de la fenêtre à deux heures ; à cinq, elle s'était retrouvée ailleurs, incapable de se souvenir de ce qu'elle avait fait pendant trois heures. Il ne lui en restait même pas une vague conscience. Rien.

Elle ne s'en inquiétait plus, maintenant.

Et puis il y avait aussi cette curieuse insensibilité de ses doigts. Elle était parfois obligée de frotter ses mains l'une contre l'autre pour sentir qu'elle touchait quelque chose.

Elle s'habituait à cela, aussi.

Les mouvements que faisaient les gens lui paraissaient de plus en plus bizarres, absurdes. Toute cette agitation. Pourquoi ? Et puis ils étaient loin, si loin d'elle… Elle se promenait dans la rue beaucoup plus librement, d'ailleurs. Elle avait moins peur des autres, elle ne les voyait presque plus.

Elle prit l'habitude de sortir de plus en plus souvent et de plus en plus tard.

La première fois qu'elle ne rentra pas à l'heure du dîner, elle eut un léger trac, comme au temps où cela avait de l'importance, comme avant. Mais personne ne lui dit un mot, et Anne n'eut pas même un regard surpris.

Alors elle comprit que rien de ce qu'elle pouvait faire n'importait plus, à personne.

De toute manière, elle était plus tranquille dehors. L'air de la maison devenait peu à peu irrespirable car sa présence provoquait une mauvaise humeur ambiante. En fait, personne ne pouvait plus se parler, et les propos devenaient acides, même sur les sujets les plus futiles.

L'humour, qui était jusque-là la règle d'or de la maison, commençait à disparaître…

Ce fut l'époque des « petites scènes ».

Pierre n'y échappait pas. Son paravent de visiteur s'effritait et il se trouva malgré lui englué dans les mauvaises petites scènes. C'est lui-même qui les provoquait parfois, et il eut la surprise de constater que la mauvaise humeur d'Anne se tournait contre lui. Elle qui supportait difficilement la présence de Claude faisait front en sa faveur dès que quelqu'un d'autre se mettait de la partie.

Un matin, il était en train de nouer la cravate de son « uniforme de bureau » à la porte de la chambre et les regardait toutes les deux – Anne dans le canapé, avec son éternel café, ouvrait et classait son courrier, Claude, assise sur son éternel pouf, lisait, ou faisait semblant de lire, les cheveux devant la figure. On ne voyait presque plus son visage.

Pierre contempla un instant cette boule de mèches informe et ricana :

– Tu lis ou tu comptes tes cheveux ?

Pas de réponse.

Anne leva la tête une seconde de ses papiers.

– Regarde-la.

– Quoi ?

– On dirait un cocker ! Sans compter que c'est mauvais pour les yeux de…

– Oh, arrête ! Tu me rappelles un vieux professeur.

Il laissa passer un temps, puis eut un autre ricanement :

– J'ai droit à des égards, ce matin ! Dans ton langage fleuri habituel, je t'aurais rappelé un vieux con…

Pas de réponse.

Alors il se dirigea vers Claude.

– Pourquoi ne dégages-tu pas ton front ? Tu serais plus jolie, si tu montrais ton visage… Fais voir.

Il eut un geste vers elle, mais Claude repoussa sa main.

– Arrête !

– Fais voir ! insista-t-il en essayant de lui prendre les cheveux.

– Mais laisse-moi !

– Je voudrais voir ton front…

148

Il revint à la charge encore une fois, mais Claude eut une réaction brutale.

— Ne me touche pas !

— Pourquoi ?

— Je ne veux pas que tu me touches !

— Je ne te dégoûte pas, quand même…

Silence.

Anne restait plongée dans ses papiers, et Claude gardait la tête baissée, obstinément.

Il insista pour avoir une réponse.

— Hein ? dis…

Le même silence.

— … Ça n'a pas toujours été le cas, pourtant ? Quand tu m'as connu, au début, tu venais te frotter sur moi dans tous les coins.

— Ça n'est pas vrai !

— D'accord, ça a duré huit jours… Mais pendant huit jours tu étais amoureuse de moi. Hein ?

Cette fois, Anne avait levé la tête, et le regardait d'un œil froid.

Quand il essaya à nouveau de toucher Claude, elle réagit assez sèchement :

— Laisse-la !

— Pourquoi ? Je ne lui fais pas de mal. Et puis elle devrait s'en souvenir de cette…

— Laisse-la tranquille, à la fin !

Mais il continua à rôder autour d'elles, en lâchant des petites phrases insidieuses.

— … Il n'y a pas eu que moi, d'ailleurs… De tous ceux qui se sont intéressés à toi, elle est tombée amoureuse. C'est toi-même qui me l'as dit !

Anne le fusilla du regard, les lèvres serrées.

— … C'était très mignon, tout ça. Très enfantin…

A ce mot, Claude se leva, jeta le livre, et sortit de la pièce.

Anne regardait toujours fixement Pierre et murmura entre ses dents :

— T'en rates pas une, hein ?

Pierre soutenait son regard, et ne se lassait pas d'envenimer les choses. Il y prenait un plaisir mauvais, comme lorsqu'on gratte une plaie. Ou qu'on enfonce des épingles...

— Ce n'était pas de nous qu'elle était amoureuse, d'ailleurs. Tu permets que je « nous » mette au pluriel ? C'était comme si on avait pu servir de lien entre elle et toi...

— Perspicace, laissa tomber Anne méprisante.

Il restait planté devant elle, en ajustant sa veste.

— Je te trouve la reine de beaucoup de choses, mais surtout des autruches.

— Et agressif, en plus... Ça va faire mal, au bureau, ce matin.

Ils se parlaient doucement, avec des petits sourires durs, sans se quitter des yeux.

Je n'oserais pas écrire le mot « haine ». Non. Ce fut juste un éclair...

Il la quitta enfin des yeux et attrapa ses clés de voiture sur la table. Avant de s'en aller, il dit encore :

— Quant à elle, ne la pousse pas trop, elle pourrait se fatiguer !

Anne le regardait partir, et la dureté de son sourire était passée dans l'œil. Il n'était pas encore sorti qu'elle prononça doucement quelque chose, une injure presque muette. Il n'avait pas besoin de l'entendre, c'était pour elle-même. Et c'était pire.

Pierre eut envie de ne pas venir chez elle, ce soir-là, mais il en fut incapable.

En sortant du bureau, il se dirigea machinalement vers l'appartement, comme un chien vers sa niche.

Pendant le trajet, il chercha pour la première fois à comprendre quelle était sa place dans cette maison.

Ni mari, ni passant...

Et, peut-être aussi pour la première vraie fois, il se demanda s'il aimait Anne.

Des jours, des semaines passèrent, et Claude avait beau être fréquemment absente, l'ambiance de la maison n'en était pas plus agréable pour autant.

Pierre n'arrangeait rien. Il observait Anne, l'aiguillonnait par des petites réflexions à propos de Claude, agacé par ce lien qu'il sentait entre elles. Mais il se heurtait à un mur. Il croyait fermement qu'elles allaient se mettre à se détester, et il les sentait tout à coup soudées, faisant bloc contre celui qui essayait d'éclaircir les choses. Il s'en énervait comme un chien devant un hérisson.

Un soir, pourtant, il parvint à toucher Anne.

Stéphane et Bertrand devaient venir dîner, Claude n'était pas là et, vers sept heures, ils étaient tous les deux dans la chambre. Pierre lisait, allongé sur le lit, quant à Anne, elle rangeait les multiples petits objets qui emplissaient son sac à main.

— A quelle heure arrivent-ils ? demanda-t-il soudain.

— Pourquoi ?

— Comme ça…

— On a fini tard, ce soir.

Le silence retomba.

Pierre se dit qu'il serait peut-être bon de faire un peu de conversation.

— Drôle de couple, hein ?

— Ah ?… Et nous, alors !

Surpris, il la regarda attentivement.

Elle ne semblait accorder aucune importance particulière à ce qu'elle venait de dire, car elle continuait tranquillement à déballer son petit foutoir. Mais serait-il possible qu'Anne se pose les mêmes questions que lui à propos de leur couple ? Se pourrait-il qu'Anne se pose des questions ? Deux ans qu'ils vivaient pratiquement ensemble, qu'ils avaient ce qu'on pourrait nommer élégamment : des relations suivies, et il ne savait rien de ce qui se passait dans la tête d'Anne.

Elle continuait à ranger son sac, et Pierre remarqua qu'elle était moins bien maquillée que d'habitude.

Tiens, son chemisier est froissé…

— Tu ne te changes pas, ce soir ?

— Non, non…, répondit-elle distraitement.

Comme il la regardait toujours, une pensée lui traversa l'esprit.

Il n'eut pas la prudence de la garder pour lui.

— C'est drôle… Je te trouve moins brillante, quand Claude n'est pas là.

Anne arrêta net ce qu'elle était en train de faire.

A la voir s'immobiliser aussi brutalement, Pierre commença à se mordre les doigts d'avoir laissé échapper cette réflexion.

Puis, comme au ralenti, elle leva les yeux sur lui.

— Qu'est-ce que ça veut dire, ça ?

Pierre se repencha sur son livre, l'air faussement dégagé. Pas de vagues…

— Rien… Juste une petite impression, comme ça.

Anne était restée en arrêt, fixée sur lui.

— Comment : « comme ça » ? Tu as voulu dire quelque chose, non ?

— Mais non…

— Mais si ! On n'a pas une impression « comme ça » sans avoir voulu…

— Mais non, je te dis ! coupa-t-il.

Il ne s'attendait pas à ce qu'elle soit frappée à ce point et espéra n'avoir pas à se repentir davantage d'avoir voulu faire la conversation. Mais Anne resta braquée sur le sujet et, après un long silence, elle dit d'une voix très basse :

— En somme, ce que tu as voulu dire, c'est que je prends plaisir à écraser ma sœur…

Pierre poussa un grand soupir excédé.

– … Mais si c'est ça, il faut le dire carrément ! Ou ne rien dire !

– Mais ça n'est pas ça !

– C'est quoi, alors ?

– Mais rien ! Juste une impression. J'avais « cru remarquer que ». C'est tout. On ne va pas en faire une histoire !

Butée, elle reprit son occupation, et Pierre replongea le nez dans son livre, soulagé.

Pourtant, quelques instants plus tard, c'est lui qui revint à la charge. Puisqu'elle insistait, pourquoi ne pas en profiter ?

S'il pouvait réussir à planter un doute dans ce roc ambulant. Ça ne lui ferait pas de mal.

– C'est peut-être normal, d'ailleurs…, fit-il négligemment.

Elle releva rapidement la tête et attendit la suite, l'œil vindicatif.

– … C'est ton public, en quelque sorte.

Elle se leva brusquement, ramassa quelques affaires, et s'en fut dans la salle de bains en marmonnant un mot qui n'avait rien d'aimable.

Il éprouvait le même plaisir chaque fois qu'il parvenait à la faire sortir de ses gonds, à faire craquer son vernis. Un sourire lui monta aux lèvres, et il profita de son avantage :

– Par contre, ce qui est bizarre, c'est que ça te mette tellement en colère…

En une seconde, elle était revenue à la porte.

– Qu'est-ce que tu cherches, là ?

– Moi ? fit-il, jouant une innocente surprise.

Le coup de sonnette qui retentit à ce moment fut le bienvenu.

– Ah ! Des gens vivables ! dit-elle en se dirigeant vers la porte du couloir.

Il la regarda passer avec un petit rire :

– Mon Dieu ! J'ai fâché la reine !

Le dîner de ce soir-là ne fut ni plus ni moins agréable que les autres. Ils mangèrent, puis ils se couchèrent. C'est tout.

Un Noël passa...

Il ne ramena pas la joie à la maison.

Claude rentrait toujours, mais de plus en plus tard, pour éviter de rencontrer Anne.

Un jour, elle attendit une heure dans la rue, guettant le moment où la lumière de la chambre d'Anne s'éteindrait. Alors, elle rentra, sans faire de bruit, comme si elle allait voler sa place dans son lit.

Anne ne la supportait plus. Et même si de petites scènes n'éclataient pas, la présence physique de Claude lui devenait intolérable. Elles ne pouvaient plus s'approcher l'une de l'autre. Ce qui émanait d'elles était si fort que cela prolongeait leurs corps, et il fallait quelques mètres entre elles pour qu'elles ne se heurtent pas.

Pierre observa qu'Anne faisait des détours pour éviter de passer à côté de Claude. Il aurait pu décrire un grand cercle et placer Claude au milieu, il était certain qu'Anne ne dépasserait jamais la limite de ce cercle. Il en avait même déterminé approximativement le diamètre : six à sept mètres.

Anne ne riait plus.

Sauf un jour. Elle éclata de rire, et ce fut pire que tout.

La soirée passait calmement, comme une trêve, avec Bertrand et Stéphane, et la conversation s'orienta sur les enfants. Dieu sait pourquoi, car aucun d'eux n'en avait et ne souhaitait en avoir. Sauf Bertrand, qui fut même assez émouvant sur le sujet. Anne et Pierre, un peu interloqués, l'écoutaient expliquer ce qui serait certainement le drame de sa vie : avoir une véritable passion pour les enfants et être homosexuel. Il déplorait que l'adoption ne soit pas permise à un couple dit « anormal ».

Bertrand n'avait jamais autant parlé, surtout aussi intimement.

Claude, à l'écart, écoutait. Et était-ce parce qu'elle entendait quelqu'un se confier librement, ou bien, perdue dans ses pensées, se laissa-t-elle aller sans penser à ce qu'elle faisait, mais elle dit tout à coup : .

– J'aimerais avoir un enfant, un jour…

Réflexion terriblement inconsidérée…

Tout le monde resta sans voix et, dans un silence pesant, Anne se mit à rire. Un rire affreux, qui démarra doucement, léger, irrépressible, et qui se mit à monter, monter, monter…

Tous la regardaient, silencieux, et le rire n'en finissait pas. Non seulement Claude ne parvenait pas à exister, mais, par ce rire, Anne piétinait jusqu'à l'existence qu'elle aurait pu créer. C'était l'anéantissement total.

Claude était devenue blême et fixait un point sur le mur, immobile. A part sa pâleur, rien n'indiquait qu'elle fût bouleversée. Un visage de marbre. Et c'est sans expression aucune qu'elle se leva, qu'elle se dirigea, toute raide, vers la porte, et qu'elle sortit en la refermant tout doucement derrière elle.

Anne arrêta net son rire et, devant le regard des autres, elle eut un terrible moment de gêne, dont elle se défendit par une petite phrase idiote :

– Quoi ?… Je n'ai rien dit.

La soirée tourna court. Un quart d'heure après, Anne et Pierre étaient seuls et se couchèrent sans un mot, Anne évitant le regard de mépris de Pierre.

Claude passa sa première nuit dehors. Une nuit d'errance, de glace, de vide, meublée de visages indifférents, de mains inconnues qu'elle n'avait même pas envie de saisir.

Ce ne fut pas la dernière.

Parfois, elle rentrait à l'appartement, tard dans la nuit, pour se réchauffer un peu, mais repartait dès l'aube, après être restée longtemps derrière la porte fermée de la chambre d'Anne, épiant un mouvement, un souffle…

Quand elle passait la nuit dehors, elle rencontrait des gens qui se fondaient pour elle en une seule masse lointaine : les autres. Ils lui parlaient, parfois. Elle entendait des mots. Et son visage restait sans expression, comme un masque.

C'est au cours d'une de ces nuits à la dérive que quelqu'un lui parla de « voyage ».

15

— Elle se fout de moi, c'est certain !

Anne était enfoncée dans un fauteuil, mais tout indiquait qu'elle pouvait en bondir d'un instant à l'autre, depuis les doigts qui tapotaient sur l'accoudoir, jusqu'à l'œil noir. Au propre comme au figuré, car Anne, très maquillée, était en « état de sortie ».

— ... Une heure et demie, maintenant !

Pierre, en costume sombre, très élégant, sur fond de canapé, se garda bien de réagir.

Anne s'était laissé coincer bêtement par de vieux amis de ses parents qui vivaient à Paris. Elle avait refusé leur invitation une fois, deux fois, la troisième l'avait cueillie à court d'excuses. Ils donnaient une soirée et, comme ils savaient que Claude habitait chez elle, avaient beaucoup insisté pour la voir. On avait donc sermonné la gamine, et elle devait se trouver à l'appartement à huit heures.

Il était plus de neuf heures et demie...

— Se traîner toute la journée comme un sac de patates, et ne pas être capable d'être là quand on le lui dit ! Et puis cet air de chien battu ! Je lui flanquerais des tartes à longueur de journée...

Pierre restait toujours ô combien silencieux, mais regarda discrètement sa montre.

Anne surprit son geste.

– Au point où nous en sommes, ça devient même gênant de téléphoner, dit-elle.

Cinq minutes passèrent encore, au bout desquelles Pierre se décida à brusquer les choses :

– Je ne voudrais pas te bousculer, mais il faudrait prendre une décision. Elle ne rentrera peut-être pas du tout ! Comme hier…

– Elle n'est pas rentrée, hier ?

– Elle n'était pas là ce matin, non ?

– Tu sais bien qu'elle part très tôt.

– Et puis je l'entends, quand elle rentre. J'ai le sommeil léger, moi !…

– Et pourquoi ne serait-elle pas rentrée hier ?

– Mais je n'en sais rien ! Je te dis que je ne l'ai pas entendue, c'est tout !

Le regard d'Anne quitta Pierre et alla se fixer sur le mur, à l'endroit approximatif où devait se trouver la chambre de Claude, là-bas derrière. Pensa-t-elle y trouver une explication de son absence ? Ou bien eut-elle un brusque pressentiment ? Anne se leva soudain et se dirigea vers le fond du couloir.

Resté seul, Pierre décroisa les jambes brutalement, et abandonna en une seconde son masque d'homme calme. Il serra les dents et fit craquer ses doigts. Une heure et demie, c'est long.

Une minute passa encore dans le silence.

– Anne ?

Aucune réponse ne lui parvint dans les secondes qui suivirent.

Il se leva et répéta plus fort :

– Anne ?

Dans la chambre de Claude, Anne, les épaules tombées, regardait fixement un papier qui tremblait un peu entre ses deux mains. Elle l'avait tout de suite vu en entrant, là, bien en évidence, sur l'oreiller. C'était classique. A tel point que, pendant quelques secondes, elle avait eu l'impression de jouer le mauvais rôle dans une scène qu'elle connaissait par cœur tant elle l'avait vue dans de mauvais films.

Le second appel de Pierre la fit sursauter. Elle pivota lentement sur elle-même, et, complètement abasourdie, quitta la pièce à petits pas, le papier au bout des doigts.

Dans le living, Pierre faisait les cent pas, et il s'aperçut tout à coup qu'Anne restait immobile dans l'encadrement de la porte, avec une drôle de tête.

– Qu'est-ce que tu as ?

Elle lui tendit le papier, sans un mot.

« JE PARS. NE T'INQUIÈTE DE RIEN. CLAUDE. »

Pierre le regarda longuement, tandis qu'Anne se détournait de lui, puis il le laissa tomber sur la table.

– Eh bien, voilà !

Il ne put s'empêcher d'avoir un certain ton… Le ton du monsieur qui a attendu cela depuis longtemps. Ce qui n'échappa pas à Anne.

– Comment ça : voilà ? Tu trouves que c'est une solution, toi ? dit-elle d'une petite voix étranglée.

– C'en est une ! Tu en voyais une autre ?

Anne ne répondit pas, et resta sur place, les bras ballants.

Il l'observa un instant, et s'en alla dans la chambre prendre le manteau d'Anne et le sien. Quand il revint, elle n'avait pas bougé.

Il la regardait, et n'était pas ému par le trouble d'Anne, par son expression tout à coup si peu sûre d'elle. Lui qui était un être délicat devint brutal, sec. Il se rendait compte, par le soulagement énorme, physique, qui l'avait envahi à la lecture du petit mot, quelle somme d'énervement, de colère, de malaise, il avait accumulé pendant des mois. Il pouvait comprendre la réaction d'Anne, mais, dans le fond, il jubilait. Maintenant qu'il la voyait muette, ébranlée dans sa force, il avait envie de la brusquer, de la secouer, de faire et de dire tout ce qu'il avait contenu depuis si longtemps. La rage des faibles…

— Qu'est-ce que tu as ? L'oiseau s'envole ! Tu n'es pas contente ?

Anne ne répondait toujours pas, et un petit muscle tremblait au coin de sa bouche.

— Hein ? insista-t-il.

Elle eut une sorte de respiration saccadée, et répondit enfin d'une voix contenue :

— Non, je ne suis pas contente. On ne part pas comme ça !

— Mais si. On part très bien, comme ça.

Elle détournait la tête, et se taisait de nouveau.

Il laissa passer quelques instants, et lui mit sans ménagement son manteau sous le nez.

— Dis donc, en parlant de départ…

— Ah ! Une seconde, tu permets ! Laisse-moi le temps de voir clair !

Anne avait récupéré un peu de son énergie, mais il ne se laissa pas impressionner et répondit sur le même ton, en donnant une pichenette au papier, sur la table :

— Il y a quelque chose qui t'échappe, là-dedans ?

Elle tourna la tête vers lui et, à la vue de ses yeux un peu mouillés, agrandis, et de ces cernes qui s'étaient creusés, il pensa que, décidément, ce petit mot lui faisait un choc.

Elle attrapa son manteau et, en le mettant, dit avec une voix de gosse qui veut cacher son désarroi :

— De toute manière, elle sera là dans deux jours.

Pierre se radoucit un peu.

— Elle n'a pas d'argent ?

— Non… Je ne sais pas.

— Tu n'en avais pas laissé quelque part ?

— Je ne crois pas…

Comme elle restait sur place, il lui mit son sac dans les bras et l'entraîna.

— Allez ! Sinon, ça ne sera même pas la peine d'y aller.

Elle se laissa faire, passa la porte, et descendit l'escalier la première.

Pierre la regardait, l'œil vif, et laissa échapper un petit rire. A moins que ce rire ne lui ait pas exactement échappé…

Elle se retourna, brusquement agressive :

— Ça te fait rire ?

— Mais non, c'est toi ! C'est incroyable à quel point tu ne supportes pas que ce soient les autres qui prennent les initiatives ! Tu ne pouvais plus la voir, et te voilà vexée comme un pou parce que c'est elle qui a pris la décision de…

Elle l'arrêta d'un geste.

— Ho ! Hein ? L'analyse subtile, tu me la serviras un autre jour !

Elle courut presque, en sortant de l'immeuble, et s'arrêta devant la voiture, raide, attendant que Pierre lui ouvre la portière de l'intérieur.

Il ne se pressait pas, lui, et fit lentement le tour de la voiture en la regardant, ironique.

— Ne fais pas cette tête-là ! Ça va être bien un peu d'intimité, non ?

La tête qui dépassait d'une manière un peu comique, derrière le toit de la voiture, n'eut aucune réaction. Il ouvrit donc les portes, et ils s'installèrent.

A l'intérieur de la voiture, il abandonna son expression sarcastique.

— Trêve de plaisanterie… Qu'est-ce que tu veux faire ?

Elle le regarda sans comprendre.

— Tu veux prévenir la police ?

Elle resta stupéfaite devant cette idée.

— Tu es fou ?

— Pas du tout. Ça se fait, quand quelqu'un disparaît.

— Mais elle n'a pas disparu, elle m'a laissé un mot !

— Tu peux quand même demander qu'on la recherche.

Elle garda la bouche ouverte, sans voix, et regarda fixement le pare-brise comme si elle espérait y lire une réponse. L'idée de « police » la bloquait, l'affolait. Elle cherchait désespérément des raisons à fournir pour ne pas faire de démarche.

Elle trouva immédiatement les plus mauvaises :

– Elle m'a écrit : Ne t'inquiète de rien. J'aurais l'air ridicule… Je ne suis pas sa mère… Et puis elle a dix-huit ans, elle est majeure.

Le grand mot était lancé : majeure. Que répondre à cela ?

Pierre n'essaya même pas. Il regardait Anne, butée, qui se mordait la lèvre, et comprit qu'il était inutile de poursuivre sur ce sujet. Et pourquoi aussi s'acharnerait-il à faire revenir Claude à la maison ? Depuis des mois, il en avait par-dessus la tête, de ces histoires de sœurs, il n'allait pas se lamenter aujourd'hui !

Peut-être enfin Anne se tournerait-elle vers lui…

De son côté, elle se débattait dans ses pensées, et trouva un dernier argument :

– Et puis tu la connais, elle est toujours revenue. Dans deux jours, elle sera là, dit-elle, péremptoire.

Avant de démarrer, Pierre ajouta simplement, de nouveau ironique :

– Comme elle est sans doute partie hier, je te signale qu'elle sera là demain.

Et il s'engagea dans la rue.

Ils restèrent silencieux, chacun dans leurs pensées.

Pierre rêvait à la vie qu'il allait peut-être enfin pouvoir construire avec Anne, et c'était presque une réponse à la question qu'il se posait depuis quelque temps : est-ce que je l'aime ?

Quant à Anne, elle échappa aux grandes questions en se plongeant dans des considérations domestiques à propos de Claude.

– Partir comme ça !… Décidément, elle ne peut rien faire comme tout le monde ! Ni entrer, ni sortir, ni bouffer, ni rien !

– Ça lui fait une personnalité, laisse-lui au moins ça !

– Je lui laisse…

Pendant un moment, il n'y eut plus que le ronron de la voiture. « Claude » était inscrit partout. Sur le pare-brise, les publicités, les panneaux indicateurs, elle était dans le bruit des essuie-glaces et flottait dans l'air.

Anne regardait devant elle.

– Mais… où peut-elle bien aller ? dit-elle pensive.

Pierre lui jeta un rapide coup d'œil. C'était la première question qu'elle se posait à propos du départ de Claude. Jusque-là, elle n'avait pensé qu'à elle.

Il laissa passer un temps avant de prononcer lentement :

– Tu n'as pas une petite idée ?…

– Comment veux-tu que je sache ?

– Je ne sais pas, moi… Ça fait combien de temps que vous vivez ensemble ?

Anne tourna la tête. Elle avait compris dans quelle voie il s'engageait et, comme elle ne savait comment l'en empêcher, elle se mit à fixer la chaussée, obstinément.

Une petite veine commençait à battre sur sa tempe.

Il prit encore son temps, avant de continuer. Il avait dû attendre ce moment depuis longtemps.

– Tu ne sais vraiment pas ?… Elle avait des amis, non ? Je sais, elle n'en parlait jamais ! Mais on se renseigne… Qu'est-ce qu'elle faisait de ses journées ? Où est-ce qu'elle allait le soir ?… Tu ne le sais pas. C'est curieux…

Anne recevait. Sans répondre. La veine battait plus fort, sur sa tempe. Elle respirait plus rapidement.

Chaque petite phrase de Pierre atteignait son but, et il prenait toujours son temps – pour bien viser.

– … Drôle de manière de s'intéresser à quelqu'un qu'on aime. Tu ne trouves pas ?

Il se pencha en avant pour essayer d'attirer son regard, mais il vit seulement un coin d'œil très humide, et une joue où une petite plaque rouge commençait à se dessiner.

– … Enfin ! Ça n'est pas bien grave, puisque la seule

chose que tu saches, c'est qu'elle reviendra demain… Si tu en es sûre, tu peux être tranquille.

— Arrête, fit-elle enfin d'une voix mouillée.

Pierre n'avait pas un tempérament de bourreau. Il arrêta.

Ils roulèrent silencieusement. Anne, maintenant détournée vers la fenêtre de la portière, passait doucement la main sur sa joue. Par pudeur et par délicatesse, il ne dit rien et ne la regarda pas.

Puis elle prit une cigarette, qu'il alluma, comme d'habitude, et ils recommencèrent à parler.

Pierre n'était plus agressif. Il essayait de lui expliquer certaines choses. Mais il vit qu'Anne ne cherchait pas à comprendre, pas encore, car elle s'accrocha à un mot et s'en servit pour se défendre.

Elle ne pensait qu'à se défendre.

— Responsabilité ! Quelle responsabilité ?

— Je sais que tu n'aimes pas ça…

— Je n'en veux pas ! J'ai tout fait pour ne pas en avoir, c'est mon droit, non. Elle, depuis qu'elle est haute comme ça, elle s'accroche à moi comme une moule à son rocher. Elle empoisonne ma vie et, en plus, il faudrait que je sois responsable ! Responsable de quoi ?

— De rien, bien sûr… Chacun pour soi.

— Ça n'est quand même pas de ma faute si elle est née avec huit ans de retard, et que je ne puisse pas faire un pas sans qu'elle se colle dans mes traces ! De ça aussi, je suis responsable, peut-être ?

— Ce n'est pas ce que je veux dire, c'est…

Mais Anne s'échauffait et n'écoutait plus rien.

— Et si elle en est restée là, c'est de ma faute, aussi ?

— Je n'ai jamais dit : faute.

— Finalement, ce qui aurait été bien pour elle, c'est que je disparaisse. Comme ça, elle aurait eu le champ libre…

— Je te signale que, si tu ne te retiens pas, tu vas bientôt dire des bêtises.

Ils se turent.

Anne fumait en silence, en tirant de grandes bouffées. Elle avait réussi à échapper à l'émotion qui l'avait envahie, tout à l'heure. La colère la remettait sur pied. Elle y puisait des forces.

Il suffit de ne pas se laisser avoir…

Pierre était surpris. Il avait toujours pensé qu'Anne ne comprenait rien à ce qui se passait entre elle et Claude, et il la découvrait beaucoup plus lucide qu'il ne l'aurait cru. Ce n'était pas pour le rassurer. Si Anne sentait les choses comme elle les avait dites et si elle n'avait rien fait pour tirer Claude de là – car en fin de compte, elle n'avait rien fait –, c'est qu'un égoïsme forcené dominait sa vie et ses rapports avec ceux qui l'entouraient. Et peut-être même quelque chose de plus effrayant. Quelque chose de presque meurtrier…

Ils arrivaient à destination, et il en fut soulagé. Cela l'empêchait de trop s'enfoncer dans cette pensée.

Il regarda Anne, et fut heureux de lui voir un visage ravagé. Ce n'était pas si grave que ça, puisqu'elle était touchée.

Il se secoua.

– Allez ! Il y a ça de bien dans la vie, c'est que tout le monde a raison… La raison du plus fort, bien entendu ! ha ! ha !

– Qu'est-ce qui te prend ?

– C'était une plaisanterie…

– Ah bon ?

– Pour détendre l'atmosphère. On a déjà plus de deux heures de retard, si en plus on leur fait des gueules sinistres !

– On leur fera ce qu'on peut, dit Anne en ramassant son sac.

Avant d'ouvrir la portière, elle se tourna vers lui et, touchant son visage d'une main timide, elle demanda :

– Et ça… ça va ?

Il regarda les yeux battus, la petite ride au milieu des

sourcils, et effaça d'un doigt léger la trace de Rimmel qui avait coulé le long de la joue.

— Ça va, dit-il tendrement.

Ils passèrent une mauvaise soirée et une très mauvaise nuit.

En rentrant, Anne avait jeté un coup d'œil furtif au fond du couloir, vers la chambre de Claude dont la porte était restée ouverte…

Pierre avait fait semblant de ne rien remarquer.

Ils eurent un sommeil agité et, couchés sans un mot, ils se levèrent de même.

Ils partirent ensemble à leur travail respectif et, avant de la quitter, Pierre tenta de lui offrir un regard et une épaule rassurante, mais elle lui échappa avec un « à ce soir » qui se voulait plein de santé.

Anne n'avait pas pris son café.

A midi, elle voulut aller déjeuner seule, malgré l'insistance de Stéphane qui voulait l'emmener quelque part. Elle se promena un peu, regarda les gens passer, absente, les vitrines. Il aurait fallu lui taper sur l'épaule pour la faire sortir de ses pensées.

Finalement, elle grignota un croque-monsieur au café du coin, avec une petite barre entre les sourcils dont elle devait être consciente, puisqu'elle passait fréquemment la main sur son front, comme pour l'effacer.

Elle remonta à l'atelier, et un seul croquis lui prit une heure et demie. Son crayon s'arrêtait soudain, et ne repartait qu'après dix minutes, ou repassait dix fois sur le même trait.

Vingt fois, elle se leva pour se détendre, s'étirer. Une petite tension inconnue au-dessus de l'estomac, juste entre les dernières côtes, l'y obligeait.

Vers quatre heures, elle ne tenait plus en place. Elle tourna quelques instants autour de la table, puis elle attrapa son sac, son manteau, hésita encore, et se dirigea vers Stéphane.

– Bon… Je vais rentrer, moi.

– Hein ?

– J'en ai marre, aujourd'hui, je vais rentrer tôt.

– Dis donc, t'es gonflée, toi ! dit-il en regardant sa montre.

Anne fit une petite moue, et lui annonça LA nouvelle d'un air dégagé.

– Au fait ! Je ne t'ai pas dit… Claude est partie.

– Partie ?

– Oui.

– Mais comment ça : partie ?

– Partie… heu… partie, quoi !

– Ah bon.

Elle eut un geste de la main qui signifiait « c'est comme ça », lui envoya une bise, et sortit.

Dans la rue, elle marcha d'abord normalement, le visage fermé, préoccupé. Puis, soudain, elle marqua un temps d'arrêt et suivit quelque chose du regard sur le trottoir d'en face. Une silhouette noire se fondait parmi les passants. Une silhouette trop grande…

Elle continua son chemin, commença à presser le pas sans s'en rendre compte et, quand elle arriva dans sa rue, elle courait.

Devant son immeuble, elle jeta un coup d'œil machinal vers les fenêtres de l'appartement et entra, toujours en courant.

L'escalier, la clé… Essoufflée, fébrile, elle eut un peu de mal à la faire entrer dans la serrure. Enfin, la porte s'ouvrit.

Elle resta un moment immobile, retenant son souffle. Elle attendait, elle espérait un bruit. Il n'y en avait pas.

Alors, elle referma la porte, le cœur battant.

Elle fit un pas, deux pas, puis d'une voix qui sonnait faux, comme si elle ne prenait pas la peine de mettre une intonation dans un mot auquel elle ne croyait pas, elle dit : « Claude ? », sans espoir de réponse.

La porte de la chambre de Claude était restée ouverte sur le vide. Elle pensa un instant à aller la refermer, puis une sorte de superstition la retint. Garder les portes ouvertes…

Son cœur battait toujours très fort. Elle se décida enfin à entrer dans le living. Sans expression, elle laissa tomber son sac, son manteau, et s'assit lentement sur le premier siège à sa portée : le pouf de Claude.

Elle ne s'aperçut pas de la coïncidence, toute au poids du silence qui lui tombait sur les épaules.

C'était curieux, ce premier moment d'abandon, chez Anne. Elle ne pouvait plus se défendre, il n'y avait que du vide autour d'elle. C'est curieux, ce qui se passe dans la tête de quelqu'un qui ne s'est jamais posé de questions, qui n'a jamais souffert par la pensée. Contre quoi se battre ?

Et les questions arrivaient. Mais peut-être parce que son esprit n'était pas formé à cela, n'en ayant jamais fait l'expérience, elle ne parvenait pas à les formuler clairement. Elles lui échappaient à peine formées, comme si elles avaient glissé sur une surface trop lisse, ou comme si elles étaient renvoyées par un jeu de miroirs déformants.

Une heure passa, pendant laquelle elle erra dans l'appartement, les pensées bousculées et le visage stupide.

D'instinct, depuis qu'elle était entrée, elle se plaçait à tous les endroits qu'occupait Claude habituellement et, par une sorte de mimétisme bizarre, retrouvait ses poses, ses attitudes.

Sans le savoir, elle commençait à la chercher.

Peu à peu, elle se sentit étouffée. Trop de choses l'assaillaient, qu'elle ne parvenait pas à saisir. Et puis il y avait toujours cette tension au-dessus de l'estomac qui l'obligeait à creuser la poitrine.

Cinq heures et quart la trouva dans les rideaux, en

train de regarder vaguement dehors. Elle prit tout à coup conscience de l'heure et s'affola à l'idée de n'avoir rien fait pendant tout ce temps. Cela ne lui était jamais arrivé.

Elle tenta de se secouer en allant se faire une tartine à la cuisine, mais, à la première bouchée, elle se rendit compte qu'elle n'avait pas faim. Elle en avala quand même une deuxième, péniblement, puis elle posa la tartine et resta là, à regarder le mur.

Qu'est-ce qui m'arrive ? J'ai plein de choses à faire, pourtant !

Mon courrier n'est pas classé, et il y a ce placard que je veux ranger depuis quinze jours...

Mais Anne ne bougeait pas.

Le silence.

Tiens, il y a une tache sur le mur... Mais qu'est-ce qui m'arrive ?

Elle regarda autour d'elle et, soudain, se mit à avoir peur. Il fallait fuir tout ce qui la tirait vers le bas, tout ce vide qui l'entourait et ces pensées dangereuses qui rôdaient autour d'elle. Il fallait bouger, bouger, et surtout ne pas s'arrêter.

Elle se précipita dans le living et prit le téléphone.

Allons ! Ça ira mieux bientôt... Ce n'est pas encore aujourd'hui qu'elle se laisserait prendre dans le filet.

– Allô ? C'est Suzanne ? Bonjour. Anne à l'appareil. Dites-moi, Pierre est au bureau ?... Comment ?... Mais on ne solde pas encore, vous savez... C'est promis, je vous enverrai un carton. Bon ! Excusez-moi, Suzanne, mais... Merci.

Anne s'étira en arrière en comprimant d'une main le point au-dessus de l'estomac, juste entre les dernières côtes.

C'est embêtant, ce truc qui m'empêche de respirer et qui ne veut pas s'en aller ! J'ai mangé quelque chose de mauvais, ou quoi...

– Allô, Pierre ? Je te dérange ?... Je suis à la maison, j'ai fait l'école buissonnière… Mais non, ce n'est pas si rare que ça ! Dis-moi, tu n'as pas envie de sortir, ce soir ?… Pour rien. Comme ça. J'ai envie d'aller au cinéma, on n'y va jamais… Je passe te prendre au bureau, c'est plus pratique, on y va directement, hein ?… Mais non… Non, j'aime mieux passer te prendre. A tout de suite.

Elle enfila son manteau en allant dans la salle de bains. Elle attrapa une brosse, et se coiffa négligemment, sans même se regarder dans le miroir.

« C'est drôle, je te trouve moins brillante, quand Claude n'est pas là… »

Elle s'était arrêtée net au milieu d'un coup de brosse. La petite phrase de Pierre lui était brusquement revenue à l'esprit, précise, avec la même intonation insidieuse, comme s'il venait de la prononcer derrière elle.

Elle resta le bras en l'air un instant, immobile, puis elle posa la brosse et s'en alla précipitamment.

Cela l'avait juste effleurée.

Pierre et Anne se turent au cinéma, se turent au restaurant, puis, comme elle insistait pour prendre un verre, ils se turent dans un café. Après une demi-heure, Pierre se dit qu'ils pourraient aussi bien se taire à la maison.

Il le lui dit.

Anne n'entendit pas. Elle était loin, très loin.

Il regarda un instant son profil, les yeux perdus, la bouche sérieuse dont les coins tombaient un peu. Tiens ? C'est nouveau. Jusque-là, il ne lui avait vu cette bouche que dans le plaisir, seul moment où Anne paraissait souffrir. Mais le plaisir se faisait rare, depuis quelque temps…

Cette pensée l'agaça, et il la poussa du coude.

— On s'en va ?

— Hein ?… Ah ! Oui.

Elle ramassa son sac, et ils sortirent côte à côte, sans se toucher.

La nuit, dans un demi-sommeil, elle sentait toujours la tension qui l'étouffait un peu, comme un doigt posé là. Pour tenter de la calmer, elle prit un Alka-Seltzer et une cigarette.

Elle alla se « soigner » dans le living, sans allumer la lumière, assise sur un coin du canapé.

Tout entière fixée sur son petit point entre les côtes, elle ne prit pas garde aux pensées et aux questions qui revenaient. Elles voletèrent autour de sa tête, cherchant une faille, insistantes, tenaces, comme de petites bêtes malignes. Et Anne, préoccupée d'autre chose, ne pensa pas à se défendre et se retrouva bientôt la tête toute bruissante.

Était-ce à cause de la fatigue, de la nuit ? Mais elle ne chercha plus à échapper à ce qui la cernait. Elle se laissa envahir peu à peu, et la cigarette s'éteignit seule entre ses doigts.

Ce n'était pas trop pénible. Des images défilaient, sans suite, sans logique, des mots, des bouts de phrases, Claude, des images d'enfance, des trous noirs, puis de nouveau Claude, Claude… C'était indolore, alors elle n'eut pas peur.

Plus tard, elle se coucha sans bruit, toute froide.

Elle ne comprit pas que tout, à partir de ce moment, était changé dans sa vie.

Arrivait le temps de la réflexion.

Et celui de l'attente.

16

Le lendemain, elle était calme, et la journée passa, terne, se déroulant sans à-coups, comme un long chemin tout droit qui la menait directement au soir.

En sortant de l'atelier, elle se mit à marcher vers l'Opéra, comme d'habitude, mais, bientôt, elle dévia de son chemin.

En arrivant sur les quais, elle serra son manteau autour d'elle, car le vent était froid, mais ne pensa pas à prendre un taxi. Était-elle sûre de savoir où elle voulait aller, d'ailleurs ? Pourtant elle continuait à marcher, à grandes enjambées régulières, sans hésitation, les yeux fixés sur le trottoir, comme si elle y suivait une trace.

Ce ne fut que lorsqu'elle arriva place Saint-Michel qu'elle releva la tête et qu'elle ralentit le pas.

Elle resta plantée quelques instants sur le trottoir, reprenant son souffle.

J'ai marché vite. Je ne me suis pas rendu compte…

Elle regardait à droite, à gauche, comme si elle hésitait sur la direction à prendre. Pourtant, la place était en face… Elle se décida enfin à traverser la rue, et longea les cafés qui s'alignaient alentour, les yeux fixés vers la fontaine.

Claude n'en avait pas souvent parlé. Deux ou trois fois, peut-être, mais assez longuement, le soir où elle s'était incrustée dans la chambre, pour qu'Anne en déduise qu'elle y venait souvent.

Malgré le froid, il y avait là un groupe de jeunes qui bavardaient. Cheveux longs, vêtements douteux, sacs avachis, tout le folklore habituel. Un folklore si totalement étranger à Anne qu'elle s'arrêta sur le trottoir d'en face en les regardant comme des Martiens.

D'abord, ils lui parurent sales, laids, puis, en les observant mieux, elle retrouva chez eux quelque chose qui lui rappelait vaguement Claude. Mais elle les trouvait surtout inquiétants.

Elle restait sur le trottoir, braquée sur eux, et hésitait en se mordant la lèvre.

Je peux bien aller leur demander, quand même...

Elle avait toujours trouvé que c'était bien sympathique, tous ces jeunes gens sur les trottoirs. C'était plutôt gai. Et elle leur attribuait un air très gentil, quand elle les voyait, par hasard, en passant dans un taxi. Mais aller leur parler, c'était autre chose. Ils étaient si différents qu'elle en déduisait qu'ils devaient être hostiles.

Elle se sentait tout à coup terriblement faubourg Saint-Honoré...

Elle hésita longtemps, pour finalement ne pas oser aller vers eux.

C'est quand même bête...

Elle se rabattit alors sur les cafés environnants, et choisit d'entrer d'abord dans le plus petit.

C'est drôle comme elle imaginait mal Claude dans un café.

– Pardon, monsieur, excusez-moi de vous déranger, mais est-ce que vous n'auriez pas vu ces jours derniers une jeune fille...

S'ensuivait une description de Claude. Mais non. Il passe tant de monde, s'il fallait faire attention. Et puis ils sont tous pareils, ces jeunes. Au revoir, madame.

Anne ressortit du café et regarda encore le groupe près

de la fontaine, qui n'avait pas bougé… Non, elle n'avait pas le courage.

Elle fit le tour de tous les établissements de la place, et reçut partout la même réponse : on ne fait pas attention.

La nuit commençait à tomber. Elle se découragea, et trouva un taxi après une demi-heure d'attente, glacée jusqu'aux os.

Dans la voiture, recroquevillée sur la banquette, elle repensait à la proposition de Pierre concernant la police.

Un avis de recherche… Oui. Bien sûr.

Elle n'arrivait pas à se faire à cette idée, et trouva encore de bonnes et mauvaises raisons pour ne pas faire de démarches.

Il faut faire ça le premier jour. J'aurais l'air de quoi, maintenant… Et puis quelle raison donner pour avoir attendu ? On s'en aperçoit tout de suite, de la disparition de quelqu'un. A plus forte raison quand on vit avec !

Tout en se réchauffant peu à peu, Anne parvenait à se convaincre qu'il valait mieux laisser les événements suivre leur cours.

Et, dans le fond, c'est plutôt ridicule de lui courir après, après avoir passé des mois à essayer de la pousser dehors ! Elle doit vivre sa vie, c'est tout ce qu'on lui demandait, à cette petite.

De quel droit viendrait-on maintenant l'en empêcher ? C'est très bien, tout ça…

Si « tout ça » était parfait, pourquoi Anne se sentait-elle si lourde, si mal à l'aise en montant chez elle ?

Pierre l'attendait depuis longtemps. Il quêta une explication du regard, mais Anne passa devant lui en disant simplement :

— Je vais prendre un bain.

Il ne se leva pas pour la suivre, et resta assis dans son fauteuil, la bouche un peu amère.

C'était mal parti…

Il avait espéré que l'absence de Claude rejetterait Anne

vers lui. Cela lui avait semblé logique, normal. Elle allait avoir besoin d'une épaule, elle devait se raccrocher à celui qui était là. C'est quelque chose, la présence…

Enfin, cela aurait dû être ainsi. Mais il écoutait l'eau du bain couler, et Anne restait là-bas, au lieu de venir le rejoindre. Il l'entendait bouger dans la chambre. Elle se renfermait en elle-même, en son attente, et creusait entre eux un fossé de silence.

Elle était dans son bain, maintenant.

Bien sûr, il pourrait espacer ses visites, sortir, voir d'autres gens, jouer à l'homme libre, en un mot : se faire désirer. D'abord, il n'en avait pas envie, et puis il ne pouvait pas, tout simplement.

Quelque chose l'en empêchait, l'attirait irrésistiblement vers Anne et le ramenait tous les soirs ici.

Quelque chose auquel il commençait à donner un nom…

Le lendemain matin, une petite phrase d'Anne, apparemment anodine, le frappa en plein visage et le fit souffrir plus que de raison. Elle l'obligea à regarder ses sentiments en face.

Il était assis sur le lit, prêt à partir, et consultait tranquillement son agenda pour se préparer aux rendez-vous de la journée. Anne était à la fenêtre, pensive, absente, la tête appuyée à la vitre ; d'un ongle distrait, elle grattait un coin du rideau.

Tout à coup, son doigt s'arrêta de remuer et elle releva la tête :

– Dis…

Pierre la regarda, aussitôt attentif, mais il s'aperçut qu'elle ne s'adressait pas à lui, mais à elle-même.

– Je crois que je viens de découvrir quelque chose…

Il ne voyait d'elle qu'une nuque, toute concentrée sur l'effort de dire.

– Quelque chose que je n'ai jamais senti…

– Oui ? dit-il doucement, encourageant.

– Je crois que je m'ennuie…

Et elle reposa son front sur la vitre.

Elle n'avait pas voulu le blesser, elle en était bien loin, mais Pierre reçut la petite phrase comme un coup porté à un endroit très sensible. Son agenda lui en tomba des mains et, pendant une seconde, il eut une envie folle de se jeter sur ce dos fermé solitaire, et de la secouer en lui criant en pleine figure : « Et moi, alors ! Je fais partie de la décoration ? »

Mais il n'en eut ni le courage ni la force, il avait mal, tout simplement.

Il partit tout de suite, très vite, et, dans la rue, il se rendit à l'évidence.

J'aime Anne.

Il se le répétait au rythme de ses pas.

J'aime… J'aime…

Un peu plus tard, un peu plus loin, une petite phrase vint se greffer sur ce mot, une conclusion. Il ne savait pas combien elle contenait de faiblesse, de résignation, de lâcheté aussi.

Je l'aime… tant pis pour moi.

Et il eut le loisir, pendant toute une journée un peu creuse, d'accepter avec une sorte de sérénité d'être battu à l'avance.

Tôt ou tard il se retrouvait assis.

Même en amour.

Pendant les jours qui suivirent, Anne s'accoutuma à vivre entièrement dans le souvenir de Claude. Elle la suivait partout, sans relâche. Elle n'aurait pas su dire si elle l'attendait encore. C'était une recherche de tous les instants, une plongée dans le passé, dans son enfance.

Elle découvrait avec une énorme surprise combien elle avait été aveugle. Elle n'avait rien vu, rien entendu. Elle était tout entière à cette découverte qui la bouleversait. Et les griefs qu'elle avait accumulés contre Claude s'étaient évanouis comme par enchantement avec son départ.

Claude…

Le regard de Claude…

Elle avait eu ce regard braqué sur elle pendant des mois, des années, et elle ne l'avait jamais vu. C'est seulement à présent que son mystère la frappait. Qu'est-ce qu'il voulait dire ? Qu'est-ce qu'il attendait ? Pour la première fois de sa vie, Anne pensait vraiment à quelqu'un d'autre qu'elle-même. Elle cherchait à savoir.

Un peu tard.

Cela ne l'empêchait pas de travailler, et de vivre. Elle apprenait simplement une autre manière d'être. Rien de ce qu'elle faisait n'avait plus la même signification, la même portée qu'avant. Jusqu'à ses gestes.

En somme, elle changeait.

Et elle était trop bouleversée, trop concentrée sur ce qui lui arrivait pour penser à se révolter contre ce changement. Elle ne s'en apercevait pas.

« Moi, je ne changerai jamais ! »

Elle avait dit cela, le front haut, à ses parents, vers quinze ans, alors qu'ils lui prédisaient le contraire : « Tu verras, on change, quand on devient adulte. »

« Moi, je ne changerai jamais ! »

Et elle avait tenu parole. Jusque-là…

Elle n'allait d'ailleurs pas trop loin dans ses pensées. Elle revoyait des événements, des images, comme un film dont elle n'aurait pas saisi la portée, et qu'elle revoyait avec d'autres yeux. Mais c'était toujours indolore, et elle gardait la mine fraîche. L'égoïsme, décidément, est un bon gage de santé…

Pourtant, un soir qu'elle était seule à l'appartement, elle eut soudain le cœur serré, et quelque chose en elle se contracta si brusquement qu'elle retint un sanglot sec. La révolte contre l'absence, qui la jeta tout à coup dans le couloir, vers la chambre de Claude. Elle se retrouva en train de fouiller partout dans la pièce.

Anne ne savait pas ce qu'elle cherchait. Claude ne possédait rien, ou presque.

Elle cherchait des signes…

En proie à une sorte de frénésie, elle ouvrait les tiroirs, les placards, regardait sous le lit, l'armoire, rejetait aussitôt ce qu'elle trouvait, et repartait.

Quelques vêtements accrochés, qui n'avaient jamais été portés, et pour cause… Quelques livres. Surtout des livres de poèmes et *Les Paradis artificiels* de Baudelaire. Tiens, curieux. Une petite chaînette qui appartenait à Anne quand elle était enfant… Tout cela ne lui apportait pas grand-chose, et elle ne s'y arrêtait pas.

Soudain, elle s'immobilisa. Elle venait de découvrir une vieille photo jaunie dans le fond d'un tiroir, et elle la regardait fixement. Elle était si frappée par cette photo qu'elle ne pouvait en détacher ses yeux et qu'elle vint doucement s'asseoir sur le bord du lit.

Le jardin de Bretagne, là-bas. Avec du soleil, des fleurs, et elle-même à dix ou onze ans, qui souriait face à l'objectif, radieuse, animale, triomphante, en tenant dans ses bras une petite Claude de deux ans environ, qui la regardait, le visage grave. Déjà…

Anne était fascinée. Moins par le sérieux, la tristesse même du bébé qu'elle tenait contre elle que par la force de son propre sourire. Un sourire éclatant, carnivore.

Cette photo lui apportait un sentiment assez puissant pour la maintenir un long moment clouée au bord de ce lit : son premier regard sur elle-même.

C'est donc comme ça que j'étais…

Elle ne prit pas garde au fait qu'elle pensait déjà au passé. J'étais…

Tout à coup, elle pensa à ses parents. Elle ne les avait pas prévenus du départ de Claude. Pourtant, elle savait qu'elle aurait dû les avertir, car elle était certaine que

Claude n'était pas retournée là-bas. Mais il en était de ses parents comme de la police. Quelque chose d'irrésistible la bloquait. Elle ne pouvait pas, elle ne voulait pas les prévenir.

De quel droit des étrangers viendraient-ils se mêler à…

Elle s'arrêta net à cette pensée.

Ses parents : des étrangers ?

Elle entrevit la profondeur du lien qui l'attachait à Claude. Un lien dont elle ne parvenait pas à saisir la nature, ni le début, ni le pourquoi. Elle savait simplement qu'à cause de ce lien tout ce qui se passait entre elles devait rester entre elles.

De quel droit viendrait-on se mêler… à nous ?

Elle posa la petite photo à terre, devant elle, et se plia en deux, la tête sur les genoux. Elle était étourdie.

Comment ce jardin, qui avait pourtant fait partie de sa vie, pouvait-il lui paraître si étranger, si lointain ? Comment se pouvait-il qu'elle n'y reconnaisse rien, avec l'impression de n'avoir jamais vécu ce moment ?

La photo était là. Et c'était bien elle qui souriait dans ce jardin.

Elle fouilla dans des souvenirs plus récents et garda la même impression : elle pouvait se rappeler certains événements, les gens, les objets, mais aucune sensation ne lui restait. Elle n'avait rien touché.

Elle passait au travers de sa vie…

La tête lui tournait. Elle se laissa glisser sur le côté et s'allongea un moment sur le lit, les bras sur les yeux.

Le malaise continuait. Quel que soit le souvenir, si précis soit-il, elle avait toujours l'impression qu'une autre l'avait vécu. Une sorte de double aurait fait des gestes, dit des mots à sa place, insensible, intouchable. C'est-à-dire qu'elle n'avait rien vécu.

Est-ce possible ?

Et même Claude. Arrivait-elle à vraiment retrouver son visage ?

Elle était partie depuis quelques jours, et elle lui apparaissait déjà floue.

Claude…

La petite tension sous la poitrine qu'elle commençait à reconnaître apparut de nouveau. Elle s'y accrocha comme à une bouée de secours, et se coucha sur le ventre, pour mieux la sentir, la garder.

Claude…

La tension s'amplifiait, fidèle, et la rassurait. Cela, elle pouvait le sentir. Tout n'était pas perdu, puisque cela, au moins, elle le vivait.

Le chaos dans sa tête s'apaisait peu à peu.

Le silence…

Elle était heureuse que Pierre ne vienne pas ce soir. Elle pouvait rester là.

Et elle s'endormit doucement sur le lit de Claude, avec la petite douleur pour lui tenir compagnie.

Pour lui tenir chaud.

17

Les semaines passaient, et déjà s'annonçait la fin de l'hiver.

On n'avait aucune nouvelle de Claude, et Anne s'était peu à peu accoutumée à l'idée qu'elle ne reviendrait pas.

Aucune démarche n'avait été faite pour la retrouver. Anne avait simplement écrit à ses parents que Claude s'absentait de plus en plus souvent, et parfois même très longtemps, mais qu'elle supposait qu'elle allait bien.

Dans la maison, Claude était partout présente, mais on n'en parlait jamais. Pour qu'on n'y touche pas, pour qu'on ne l'envenime pas, Anne avait recouvert sa blessure d'indifférence. Elle vivait apparemment comme avant.

Pourtant, Anne pensait sans arrêt à Claude. Elle s'y était habituée. Elle vivait avec Claude dans la tête comme on vit avec un doigt en moins ou une tache sur le corps – une infirmité bénigne à laquelle, finalement, on se fait très bien. Il suffit de la cacher aux autres le mieux possible.

Après dix jours d'une sorte de prise de conscience, Anne s'était retrouvée épuisée. Le manque d'habitude, peut-être. Toujours est-il qu'elle avait arrêté de chercher Claude. Physiquement, d'abord : elle avait fermé la porte de la chambre, elle n'était plus jamais allée place

Saint-Michel et, dans la rue, elle ne se retournait plus à la vue du moindre pull noir. Puis moralement : elle avait bloqué les pensées qui l'entraînaient trop loin. Toutes ces fouilles dans ses souvenirs la laissaient hagarde, perdue, douloureuse et vaguement en colère contre elle-même, car tout lui échappait. Elle avait donc cessé de s'expliquer les choses car, pensait-elle, cela n'avait d'autre résultat que de la rendre malade.

La santé reprenait ses droits…

Dans sa mémoire, Claude se désincarnait peu à peu. Elle devenait abstraite.

Anne avait des visions d'elle, des visions étranges. Elle lui apparaissait souvent dans des décors vides, aux lignes fuyantes, et Claude s'éloignait, s'éloignait, vers l'horizon, jusqu'à devenir un petit point noir. Anne essayait l'imaginer qu'elle se retournait vers elle, mais Claude continuait à s'éloigner, sourde à ses appels, comme s'ils se perdaient dans le vent.

Une seule fois, Claude s'était retournée, en faisant « non » de la tête, comme Anne l'avait si souvent vue faire. Mais elle était trop loin, et Anne n'avait pas distingué ses traits.

Elle ne voyait jamais son visage.

Parfois, c'était presque un jeu. Comme si Anne avait tenu une caméra, elle poursuivait Claude, mais celle-ci lui échappait toujours. Elle disparaissait derrière des murs, ou se perdait dans une foule. Ou bien la caméra n'obéissait plus à Anne et prenait malgré elle d'autres images. Et si, parfois, elle parvenait à saisir Claude, son visage était tout sombre, ou encore il était flou.

Le seul souvenir précis qu'elle gardait de Claude était son regard. Mais le regard seul, fondu au milieu d'un brouillard. Un regard qui avait perdu ses yeux. Presque une couleur.

On peut très bien vivre avec une couleur dans la tête…

Quant à Pierre, il avait assez à faire avec ses propres

sentiments ; s'il pensait encore à Claude, c'est uniquement parce qu'elle continuait à lui voler Anne.

Sans être dupe de son apparente légèreté, il la regardait s'éloigner de lui, s'enfermer dans ses rêves, et il se préparait doucement à la catastrophe de sa vie sentimentale. Il souffrait tranquillement, en attendant la fin de son dernier amour. Bientôt quarante ans… Il pensait froidement qu'il allait être bien tard pour refaire sa vie, après, et que l'arrière-saison n'est pas propice aux élans du cœur.

Il pensait, bien sûr, au seul élan valable, unique, celui qui l'aurait mené naturellement à une vie à deux dont il avait toujours rêvé, et qu'il n'avait jamais réussi à construire. Depuis son adolescence, il en avait rêvé… et l'avait tu. Il avait fait comme les autres, bien sûr, parlé comme les autres, et s'était si bien pris au jeu que, de cynismes en cynisme, il avait presque oublié son rêve.

C'était trop tard. Ou alors, il lui aurait fallu beaucoup de courage et de force. Mais il se sentait privé de tout.

Tant pis pour moi.

Et puis il y avait toujours ces inquiétudes à propos de son travail…

Un jour, pourtant, Pierre et Anne avaient failli se toucher. Chacun à leur tour ils avaient tendu la main, et ils avaient refusé cette main, chacun à leur tour. D'un commun accord, ils s'étaient retrouvés de part et d'autre du fossé.

Ils étaient dans le living, après dîner. Pierre lisait sur le canapé, et Anne, dans un fauteuil, crayonnait sur un bloc. Car il fallait déjà penser à une autre collection.

Chacun était bien à l'abri dans son petit monde.

Anne déchira soudain une feuille de papier et la jeta en soupirant :

– Ce que j'en ai marre du petit tailleur obligatoire ! Coller les mémères en pantalon, c'est dur ! Pour faire le ménage, à la rigueur… mais comme elles ne le font pas !

Elle était repartie à l'attaque d'une autre feuille, et Pierre continuait à lire tranquillement.

Au bout d'un moment, il releva la tête.

— Tu as envie de sortir, toi, ce soir ?

Sans quitter son papier des yeux, Anne fit une grimace.

— Je vais peut-être rentrer, alors… dit-il.

Toujours penchée sur son dessin, elle eut un grognement d'approbation indifférente.

A présent, Pierre rentrait quelquefois chez lui, sans qu'Anne ait besoin de le pousser dehors. Chacun de son côté, ils se trouvaient plus tranquilles, plus à l'aise pour s'enfermer dans leurs pensées.

Elle releva les yeux et, par hasard, son regard tomba sur lui. Elle s'aperçut qu'il ne lisait pas.

Elle contempla un instant le visage grave de Pierre.

— Tu as des ennuis, toi.

Il leva la tête brusquement. Personne n'aime être surpris…

— Mais non. Pas du tout.

— Mais si…, ajouta-t-elle distraitement en se replongeant dans son dessin.

Il crut qu'elle insistait pour savoir. Cela faisait si longtemps qu'il n'avait parlé à personne de ses angoisses, de ses doutes.

— Ça fait plusieurs mois, déjà… A l'édition, je n'interviens plus dans aucune des décisions, je ne vois plus personne. Tiens ! Hier, on ne m'a même pas appelé à la réunion ! En somme, on me tient à l'écart…

Anne le regardait, pensive, et, tout à coup, elle le coupa :

— Et qu'est-ce qu'il devient, ce jeune type qui est entré dans la boîte il y a quelques mois ?

Pierre se rétracta d'un seul coup. Elle avait frappé juste.

— Il devient… il devient bien, dit-il sèchement en reprenant son livre.

Elle avait pourtant dit cela sans intention particulière, elle était bien loin des problèmes de l'édition. Mais il lui était venu une inspiration subite. C'est tout.

Pierre, les lèvres serrées, s'accrochait à son livre. Décidément, elle avait l'art de le blesser. Elle le faisait exprès, ce n'était pas possible autrement !

Anne, d'abord surprise de sa réaction, comprenait, maintenant. Elle observa l'expression amère de Pierre, les rides supplémentaires sur le front, la mollesse de la bouche, les tempes presque blanches…

Un homme qui se noie, pensa-t-elle calmement, sans méchanceté.

Anne n'était pas méchante.

Un quart d'heure passa en silence, ni l'un ni l'autre ne releva la tête.

Puis Pierre, à son tour, se mit à observer Anne. Absente, elle crayonnait dans un coin de papier un dessin qui n'avait rien à voir avec la collection : une petite fleur géométrique.

Elle ne sentait pas le regard de Pierre fixé sur elle.

— Elle ne doit pas aller trop mal, tu sais. Sinon, elle aurait fait signe…, dit-il très doucement.

Anne non plus n'aimait pas être surprise.

Elle releva rapidement les yeux et, après avoir dévisagé Pierre un instant, sur la défensive, elle fit une moue désabusée et un geste de la main qui balayait ce sujet délicat.

— Bon… Je vais y aller, comme ça, je serai au lit de bonne heure, dit Pierre en se levant.

Il prit son manteau, ses clés de voiture, et vint se placer derrière Anne qui gribouillait toujours.

Il la regarda faire un moment en silence, puis il lui passa la main dans les cheveux :

— Elle reviendra, tu sais…

— Arrête !

Anne s'était dégagée d'un coup de tête nerveux.

Elle ne le regarda pas partir, et répondit un « bonsoir » neutre au « bonsoir » tout aussi neutre de Pierre.

Elle écouta son pas décroître dans l'escalier, puis elle soupira, envoya promener son dessin, et laissa ses bras pendre de chaque côté du fauteuil.

Elle avait la nuit devant elle.

Et l'ennui.

Il est vrai qu'elle ne sortait plus. Pourtant, elle adorait cela, avant. Elle se souvenait des joyeuses virées avec Stéphane. Ils faisaient toutes les boîtes, jusqu'à cinq heures du matin, et elle s'amusait comme une folle.

Tout ça lui semblait très loin.

Ne pas aller dans les boîtes, ce n'était pas très important. Il y avait plus grave : elle n'arrivait plus à rire. Plus du tout. Elle essayait parfois, c'était une catastrophe. Ça lui faisait mal, ça la fatiguait, et le rire s'éteignait tout seul sur une note essoufflée.

Pourtant, avec Stéphane, avant…

Il venait parfois dîner à la maison, Stéphane, mais de plus en plus rarement. Et seul. Il répondait évasivement aux questions à propos de Bertrand et donna deux fois de suite la même excuse à son absence.

Anne se doutait que quelque chose de grave se passait entre eux. Elle en eut la confirmation un matin, à l'atelier.

C'est là, à l'atelier, qu'Anne se sentait le mieux. Le travail y était agréable, l'humeur égale, et elle se replongeait tous les matins avec soulagement dans ce petit monde à part, chaudement replié sur lui-même. Les rites en étaient immuables, rassurants, et les plaisanteries – toujours les mêmes – avaient toujours le même effet. Les problèmes personnels, les ennuis venus de l'extérieur, n'avaient aucune place ici, aucune prise, et chacun observait les règles, les rites, pour sauvegarder la tranquillité du petit monde.

Ce matin-là, Anne se livrait à sa taquinerie préférée : faire courir Mme Marguerite.

– Dites donc, Marguerite, la retouche pour madame Loiseau, elle est faite ?

– Mais non ! On me l'a donnée ce matin !

– C'est embêtant, voyez-vous, parce qu'elle vient la chercher à onze heures.

Cri de Mme Marguerite, qui jeta son travail en cours pour se précipiter sur le monceau de robes en attente.

Anne la regardait galoper, l'œil sadique.

– Les petits papiers qu'on épingle sur les robes, ça n'est pas pour faire joli, vous savez… c'est pour qu'on les lise.

Marguerite repassait, affolée, le chignon en bataille.

– Allez ! Je vous fais marcher, ce n'est pas pour onze heures…

Marguerite amorçait un soupir de soulagement.

– … C'est pour onze heures et demie.

Le soupir de soulagement se mua en râle de désespoir, et Marguerite bouscula trois ouvrières, ne trouva pas les ciseaux, manqua de fil…

Anne la regarda déplacer de l'air pendant un long moment, avant d'ajouter posément :

– Pour onze heures et demie, mais après-demain.

La plaisanterie pouvait durer très longtemps, et d'ordinaire elle ne se terminait pas avant que Marguerite n'eût trépigné sur place, envoyé balader ses lunettes, au bord de la crise de nerfs.

Ce jour-là, l'interphone la sauva du désastre.

– Stéphane est là ? demanda une voix métallique et féminine.

Anne appuya sur le bouton de réponse, car l'engin était sur sa table, attendant que Stéphane réponde. Une longue habitude.

– Ouais ! hurla-t-il du fond de l'atelier pour se faire entendre de l'appareil.

– Téléphone. C'est personnel.

En se dirigeant vers le téléphone mural, il échangea avec Anne un regard surpris. Quelqu'un bravait une des conventions de l'atelier : pas de communications personnelles, ou le plus rarement possible, et surtout pas en employant le numéro de la boutique. Une autre ligne était prévue à cet effet, et l'appareil était là, sur la table d'Anne, muet.

– Qu'est-ce que c'est que ce rigolo…

Anne nota au passage l'emploi du masculin, sans hésitation. Ce n'est pas encore demain qu'une « rigolote » mettra la main sur Stéphane.

Anne se replongea dans son travail, mais, malgré elle, elle se mit bientôt à écouter Stéphane. Le ton qu'il employait, son attitude gênée, tout indiquait qu'on lui faisait une scène et qu'il avait horreur de ça, surtout ici.

– … Qu'est-ce qui te prend ? Tu as oublié le numéro de l'atelier ? Remarque, c'est bon signe, ça prouve que tu peux oublier vite…

Tourné contre le mur, il parlait le plus bas possible. Malheureusement, tout le monde se taisait…

Entrecoupée de longs silences, la voix de Stéphane sonnait désagréable, mauvaise :

– C'est ça, si ça t'amuse… C'est tout ce que tu as à me dire ? Si c'est pour écouter du silence, j'ai mieux à faire… Non !… eh bien, tu regarderas la télé… Sors, alors. Va au cinéma… Qu'est-ce que tu veux que ça me fasse !… Non !

Après un long silence, il raccrocha brutalement, et il était clair que c'était au nez du rigolo.

Il retourna à son travail en évitant le regard d'Anne.

Elle continua à l'observer en pensant à Bertrand… Bertrand sensible, tendre, sincère. Bertrand qui aimait les enfants, le calme, la délicatesse. Il était servi ! Un rigolo…

Après tout, ça ne me regarde pas, à chacun sa vie.

Deux jours plus tard, Anne se promenait seule à l'heure du déjeuner, comme elle le faisait toujours, maintenant.

Pas tout à fait seule : Claude se promenait dans sa tête…

Elle entra par hasard dans un café du quartier où elle n'allait jamais. Elle vit tout de suite Stéphane attablé avec un homme brun qu'elle ne connaissait pas.

Le sourire de Stéphane s'évanouit brusquement lorsqu'il l'aperçut, et elle eut la certitude que, s'il avait pu, il aurait fait semblant de ne pas la voir. Malheureusement pour lui, sa table était en face de la porte.

Elle s'approcha, et découvrit un Stéphane rougissant, mal à l'aise, qui se leva en bousculant sa chaise pour faire les présentations.

Qu'est-ce qui lui prend, pensa-t-elle, il donne dans le style vieille France, maintenant ?

— Anne... C'est Emilio.

Tiens, il ne se lève pas, lui.

— Tu sais, je t'ai parlé de lui...

— Non, coupa Anne avec un charmant sourire.

— Mais si, voyons ! C'est le directeur de la maison italienne qui nous a pris la collection.

Il aurait pu dire « la boîte », comme d'habitude...

Elle joua quelques instants, mondaine, à accentuer la gêne de Stéphane, éberluée de le voir timide, empêtré.

— Ah bon ? Je n'étais pas au courant.

Il ne sait plus où se mettre, ma parole ! Il irait sous la table, s'il pouvait !

Jusque-là, elle n'avait pas fait attention à l'Italien ; quand elle le regarda mieux, elle le trouva antipathique. Elle eut la curieuse impression de se trouver face à un rival.

Elle n'avait pas tort, car l'Italien allait bientôt enlever à Anne son collaborateur, et pire : son seul copain.

Une semaine plus tard, Stéphane insista pour offrir à Anne un bon déjeuner. Puis de retour à l'atelier, alors que personne n'était encore remonté, il lui annonça la nouvelle de son départ, tout pâle de trac.

C'était si insensé, si imprévisible que, tout d'abord, Anne crut à une plaisanterie de sa part.

— Je me disais aussi... C'est pour ça que tu m'as invitée à déjeuner !

— Oui. Mais je n'ai pas osé.

D'un seul coup, devant sa sincérité, elle se rendit à l'évidence.

Le choc…

Elle mit un bon moment à récupérer, s'appliquant à contrôler sa voix et le tremblement de ses mains. Heureusement, Stéphane n'arrêtait pas de se justifier, de s'expliquer. « On » lui offrait une place très intéressante, là-bas, en Italie, il n'allait pas rester un simple collaborateur toute sa vie, c'était une chance à saisir. Et puis il y avait sa vie, tout simplement. C'était la première fois que…

Anne l'arrêta d'un geste.

— Ça, je ne veux pas le savoir.

Il continua pourtant et, après un quart d'heure, elle avait surmonté son émotion et raffermi sa voix. Les autres allaient bientôt remonter. Elle l'interrompit avec une froideur de femme d'affaires :

— Quand ?

— Le plus tôt possible…

— Avant la collection ?

Un silence, puis il dit d'une voix étouffée :

— Après, je n'aurais plus le courage…

C'était complet.

Il restait là, debout, immobile, à regarder à terre. Il ressemblait tellement à un sale gosse entêté qu'Anne demeura muette, méprisante, taisant tout ce qu'elle aurait pu lui dire sur leur complicité, leur entente, le vrai couple de travail qu'ils formaient. Tout cela balayé sur un coup de tête. Ou un coup de cœur, peu importe…

Non, ce doit surtout être la tête, pensait-elle en l'observant. Il s'imagine déjà qu'il va être accueilli en fanfare, tout auréolé du prestige français, et devenir rapidement un petit patron. Minable. D'autant plus qu'elle connaissait, elle, les limites de ses dons…

Ils vont n'en faire qu'une bouchée.

— Tu pourrais peut-être monter là-haut pour leur annoncer la bonne nouvelle, non ? dit-elle en désignant le plafond, le bureau de la direction

— Ça va faire du bruit ! Tu devrais entendre l'explosion d'ici.

Il essayait de la faire rire, cet inconscient.

L'œil froid, elle le regarda se diriger vers la porte, et il lui sembla tout à coup que Stéphane avait rapetissé de quelques centimètres.

Alors qu'il allait sortir, elle ajouta :

— En redescendant, tu ne voudrais pas faire un tour ? Un tour qui te prendrait tout l'après-midi…

Elle n'aurait pu trouver une meilleure petite vengeance. Stéphane reçut cette phrase comme une gifle.

— Tu me congédies ?

— Il y a des mots que tu ne devrais pas prononcer. Et puis tu dois avoir besoin de temps pour préparer la chose en douceur, chez toi, non ?

— Ça n'est pas la peine, on s'apercevra bien tout seul de mon absence.

Et il sortit rapidement. C'est à une porte fermée qu'Anne cria :

— Ça, c'est vraiment moche, Stéphane !

Restée seule, elle n'éprouva pas l'énorme déception, la colère qu'elle attendait. Elle se sentait simplement terriblement fatiguée, désabusée. Une petite phrase lui tournait dans la tête : c'est normal, tout fout le camp en ce moment.

Plus tard, elle descendit au café du coin, et but deux whiskies coup sur coup. Elle se surprit à déjà penser à un remplaçant…

Le soir, à la maison, Pierre n'eut pas l'air très étonné de la nouvelle. Peut-être s'était-il attendu à quelque chose de ce genre de la part de Stéphane un jour ou l'autre, ou peut-être ses soucis personnels l'absorbaient-ils trop pour qu'il se lamente sur ceux des autres. Même ceux qui concernaient Anne.

A l'atelier, pendant les jours qui suivirent, l'atmosphère ne fut pas trop tendue. Il y régnait le bon ton coutumier, et seul quelqu'un d'averti aurait pu discerner que Stéphane et Anne gardaient une sorte de distance prudente – plus de familiarité. Et puis le départ d'un assistant, ce n'était pas dramatique. Anne était bien capable de se débrouiller seule quelque temps.

Anne pensait à Bertrand, mais n'en parla jamais. Peut-être se mettrait-il à faire des enfants ?

Les choses avaient été menées rondement et, dix jours plus tard, Stéphane ne serait plus là. Anne décida, avec un certain humour, de fêter ça à la maison, avec champagne, cuisine soignée, et gaieté obligatoire.

Comme avant...

Mais, dans son for intérieur, elle se demandait avec appréhension comment elle allait bien pouvoir faire pour rire ! Elle se sentait si froide, si désemparée, avec ce qui lui tournait dans la tête comme une petite chanson ironique : tout fout le camp, tout fout le camp. .

Le trajet de l'atelier à la maison commençait à lui peser.

Et pourtant, le printemps arrivait.

18

Stéphane ouvrait la troisième bouteille de champagne et le dîner n'était pas terminé. Prévoyant la soirée difficile, il était arrivé avec cinq bouteilles dans un sac à provisions. Les grands moyens…

Anne tendait son verre d'une main qui n'était déjà plus très sûre.

— Ce soir, tu pourrais me faire boire une mer de champagne, je ne serais pas gaie.

Stéphane, un peu débraillé, avança le bras pour servir Pierre ; dans le même temps, Pierre poussa son verre, et il versa à côté.

Anne éclata d'un rire trop aigu.

— Ah ! Tu as ri ! lui dit Stéphane sur un ton de triomphe.

— Tu peux me faire rire, mais je ne serai pas gaie.

— Têtue…

Pierre les observait, impeccable, raide dans son costume, la cravate bien droite, les cheveux bien en ordre. Depuis le début de la soirée, il s'ennuyait profondément. Il attendait qu'elle se termine. Et puis il n'aimait pas voir Anne ainsi. Ça lui allait mal de s'affaler sur sa chaise, de rire bêtement, et de chercher à énerver Stéphane comme elle le faisait depuis qu'il était entré. Il l'avait connue plus spirituelle.

Qu'est-ce qu'elle va nous sortir, encore…

Anne levait son verre, trop haut, en regardant Stéphane d'un air moqueur.

— A la santé d'Emilio !

Stéphane soupira et joua l'indulgence.

— Tu m'auras vraiment emmerdé jusqu'au bout.

— Jusqu'au bout ! dit-elle en choquant son verre contre le sien, trop fort.

Ils burent en se regardant par en dessous.

Pierre ne bougeait pas. Tout à coup, il prit son verre et le leva à son tour.

— Si vous permettez, je boirai à la santé de Bertrand.

Il marqua une petite pause.

— J'aime bien Bertrand, ajouta-t-il à l'adresse de Stéphane.

Un froid passa.

Stéphane avait le nez plongé dans son verre et Anne riait doucement en le regardant.

— Et paf !

— Oh non, plouf…, fit-il avec une petite moue dégoûtée, en ignorant Pierre.

Le rire d'Anne alla decrescendo, et le silence s'ensuivit. Chacun regardait avec attention les bulles qui mouraient à la surface du champagne.

Anne releva brusquement la tête vers Stéphane, l'œil de nouveau allumé.

Allons bon, c'est reparti ! pensa Pierre.

— Au fait ! Tu veux que je te fasse un certificat ?

— Mumm… Ça te rend brillante, le champagne.

Elle réfléchit un instant.

— Je ne trouve pas ça mauvais, moi… C'était drôle, non ?

— Mais oui, acquiesça Stéphane, un rien méprisant.

Pierre faisait des dessins sur la nappe avec sa fourchette. Ça y est ! Les voilà agressifs, maintenant. Il ne manquait plus que ça.

Anne et Stéphane se mesuraient du regard. Elle adopta

un ton de persiflage un peu gamin, en se balançant sur sa chaise.

— Tu t'es renseigné sur l'humour italien ? Tu t'y feras ?

— J'ai commencé à pratiquer depuis quelque temps, on s'y fait très bien, répondit Stéphane nettement.

Anne eut encore un de ces rires horripilants.

— Ah ! Je me disais aussi, ça…

Elle chercha le mot :

— … Ça n'accrochait plus tellement avec le mien !

Pierre avait toujours eu horreur des femmes saoules. Il avait arrêté de faire des dessins sur la nappe, et tapotait son verre avec sa fourchette – tic-tic-tic…

— Arrête ! lui cria Anne brusquement.

Il la regarda un instant et, sans la quitter des yeux, continua son petit bruit, mais plus lentement. C'était encore plus agaçant.

Stéphane s'étira, poussa un grand soupir, et tenta de faire diversion :

— Dis donc, c'est long, ton truc !

— C'est toujours long, dans les bons bistrots, répliqua Anne de plus en plus spirituelle.

— Ils en font du soufflé aux pêches, en Italie ?

Elle recommence, ma parole ! pensa Pierre.

Mais Stéphane évita adroitement le sujet.

— Aux pêches ?… Je croyais qu'il était aux fraises !

— Ah non, mon vieux. Il est aux pêches.

— Décidément…

— Décidément ? releva Anne avec un petit sourire narquois.

Stéphane se tira d'affaire en empoignant la bouteille et en remplissant les verres une nouvelle fois.

Ils burent en silence.

Il ne faut pas faire la fête quand le cœur n'y est pas. Il ne faut rien toucher, rien salir. Anne était en train de gâcher ses souvenirs. D'ailleurs, elle était soudain un peu triste. Stéphane aussi. Ils devaient avoir la même pensée amère : presque trois ans de vie commune, car c'est ensemble qu'ils avaient passé le plus clair de leur temps, et ils n'avaient plus rien à se dire.

Anne se secoua la première.

— Bon. Je vais débarrasser la table, ça fera plus propre.

— Tu veux que je t'aide ? demanda Stéphane gentiment.

— Non, merci, il faut que je m'habitue à me passer de toi.

Et elle eut un petit rire forcé.

Stéphane se tourna vers Pierre d'un air lassé :

— Elle est fatigante, hein ?

— Tu le fatigues, dit Pierre.

Tout en débarrassant la table, elle émit un gloussement supplémentaire.

Stéphane l'ignora.

— Et vous, Pierre, ça va ?

— Comment ça ?

— Le boulot. Vous ne partez pas, vous...

Pierre pensa que, décidément, Anne n'était pas la seule à avoir l'art de faire des gaffes dans ce domaine.

Ils doivent le sentir, ce n'est pas possible...

— Personne ne me l'a encore demandé, et tant qu'on ne me le demande pas...

— Il s'accroche ! coupa Anne d'un air joyeux.

Et allez donc.

— N'aime pas l'aventure, Pierre ! précisa-t-elle avant de disparaître avec la vaisselle dans les mains.

Les deux hommes restèrent silencieux.

— J'en mets une autre au frais ? cria Anne de la cuisine.

— Oui, oui, dirent-ils ensemble.

Ils écoutèrent un long moment les bruits de casserole, et Stéphane se mit à bâiller alors que Pierre amorçait un soupir.

Ils se sourirent, complices. Ils s'ennuyaient ouvertement.

Un « haa ! » de satisfaction résonna dans la cuisine, et Anne apparut avec les petites assiettes.

— Ça monte, ça monte !

— Il prend son temps ! On ne peut pas le pousser un peu, ce soufflé, non ?

— Non. Et puis il faut qu'il colore, maintenant.

En tenant les assiettes d'une main, elle attrapa son verre de l'autre et le vida d'un trait.

— Elle va être bien, ce soir…, dit Stéphane tout bas.

— Pas pire que toi.

Pierre avait envie d'être ailleurs. Mais, comme Stéphane s'adressait à lui, il répondit poliment.

— Si je dis que je n'ai plus faim, qu'est-ce qui se passe ?

— Personnellement, je n'essaierai pas.

Combien de temps, combien de soirées la politesse lui avait-elle fait perdre tout au long de sa vie ? Peut-être des années.

Anne posait les assiettes, quand une chose incroyable arriva :

Un bruit de clé dans la serrure…

Le cœur d'Anne fit un petit bond dans sa poitrine, et elle resta la bouche ouverte, clouée sur place. Pierre et Stéphane, immobiles eux aussi, étaient tournés vers l'entrée. La clé tâtonnait, longuement, comme si elle hésitait à entrer dans la serrure.

Le temps était suspendu.

Finalement, la porte s'ouvrit et, au bout de quelques secondes qui parurent interminables, Claude fit son apparition.

Apparition était le mot juste : une Claude immatérielle, flottante, désincarnée, vint s'appuyer doucement au montant de la porte et les regardait.

Anne eut l'impression que tout le champagne qu'elle avait bu lui montait à la tête d'un seul coup, violemment. Elle se trouvait face à l'image de Claude qu'elle voyait dans ses rêves : un visage flou, sans couleur, effacé, avec des yeux qui lui mangeaient les joues.

Claude n'était qu'un regard.

Rien ne bougea pendant un long moment. C'était un

accueil étrange, pour une enfant prodigue... Trois personnes la regardaient fixement, l'air stupide, derrière une table en désordre où trônaient des bouteilles vides. La reproduction en cire d'une triste fête.

A travers un brouillard, Anne entendit quelqu'un dire :
— Ne reste pas comme ça... entre.

Claude s'approchait, avec son drôle de regard noyé, légère, comme si elle ne touchait pas le sol.

Elle s'arrêta près d'Anne et attendit un mot, un geste.

Dans son trouble, Anne prononça d'une petite voix :
— Tu avais gardé la clé ?

Elle n'aurait pu trouver quelque chose de plus bête.
— Oui, dit Claude toujours tournée vers elle, attendant autre chose, un encouragement, un signe...

Anne avait pourtant imaginé cet instant tant de fois, elle avait attendu si longtemps que Claude apparaisse pour enfin parler, parler. Elle lui avait parlé pendant des heures, la nuit, le jour, en marchant, en travaillant, et voilà que maintenant, à la voir devant elle, le silence retombait et resurgissaient toutes les barrières, toute la gêne qui les avait toujours séparées. Un mur infranchissable se redressait. Comme avant...

Anne vacilla un peu sur ses jambes. La tête lui tournait.
— Tu vas bien ?
— Oui.

Claude attendait toujours.

Pourquoi n'était-elle pas arrivée un matin ? Ou un de ces soirs où Anne était seule, perdue, évoquant de toutes ses forces sa présence ? Elle aurait alors laissé tomber sa tête, libéré les mots, détruit le mur. Pourquoi justement ce soir ? Toujours ce génie de faire ce qu'il ne fallait pas, au pire moment. Le génie de l'échec.
— Tu as faim ?
— Non.

Anne avait l'impression de se débattre sous l'eau. Elle avait dans ses oreilles le même bruit que lorsqu'elle plongeait, la même sensation dans son corps, léger et paralysé à la fois, et l'eau qui emplissait sa bouche l'empêchait de parler.

Elle entendit une voix qui venait de très loin, d'un autre monde.

– Tu en fais, des surprises, toi !

Ce devait être Pierre.

Claude lui enleva son regard, et Anne commença à remonter à la surface. Les sons redevinrent peu à peu normaux, et elle entendit Claude distribuer des « bonjour », hésitants, incolores.

Je n'aurais pas dû tant boire de champagne...

Anne s'entendit parler comme si une autre le faisait à sa place.

– Assieds-toi... Prends une chaise.

Le ton qu'on prend avec les visiteurs importuns. Cette voix coincée, fausse.

Elle vit Claude passer devant elle sans répondre, et se diriger lentement vers son pouf. Comme autrefois.

Claude assise sur son pouf...

Ce fut comme un déclic, tout redevint normal, terriblement. Quelques mois furent abolis d'un seul coup et chacun récupéra sa place et son personnage. Pierre s'enfonça de nouveau dans le canapé avec cette distance méfiante qu'il avait toujours eue face à Claude ; Stéphane, bruyant, insista pour lui faire boire du champagne ; et Anne se surprit à virevolter de-ci, de-là, en disant des banalités.

On essaya bien de faire parler Claude, mais elle se taisait, comme avant, et on l'ignora peu à peu.

La conversation qui avait été languissante pendant ce dîner difficile s'anima soudain, comme par enchantement. On parla de tout et de rien, facilement, agréablement.

Anne redevenait brillante.

Pourtant, elle avait toujours la bizarre sensation que quelqu'un d'autre parlait, bougeait à sa place.

J'ai vraiment trop bu. Et qu'est-ce qu'elle a à me regarder comme ça, comme si elle voulait me transpercer de son regard ? Ne peut-elle faire quelque chose, parler, au lieu de rester là comme une statue ? Décidément, elle est bien toujours la même.

Les yeux de Claude avaient pourtant changé…

Son attitude non plus n'était pas la même, malgré les apparences. Elle n'attendait rien, elle regardait, elle observait : et, sous les yeux de cette spectatrice muette, les autres reprenaient leurs masques, leur aisance factice, pour lui montrer que rien n'avait bougé, qu'ils étaient toujours semblables à ceux qu'elle avait connus.

Peut-être, dans le fond, voulaient-ils la rassurer…

Tout à coup, Anne poussa un cri :

– Mon soufflé !

Elle se leva précipitamment.

– J'ai fait un soufflé, précisa-t-elle à Claude avant de courir vers la cuisine.

Si elle avait pu voir le regard avec lequel Claude la suivait, Anne serait sans doute revenue sur ses pas en laissant tout brûler. Mais elle ne se retourna pas.

Dans la cuisine, elle était agenouillée devant le four, un torchon dans les mains, quand elle entendit claquer la porte de l'entrée.

Elle ne fit qu'un saut jusqu'au living.

Le pouf était déserté…

– Elle est partie ?

Pierre et Stéphane la rassurèrent.

– Elle a dit : Je reviens.

Le temps s'arrêta de nouveau.

Anne était partagée entre une envie folle de courir derrière Claude et la pensée du soufflé qui tombait. C'était presque comique. Un pied dans le living, l'autre dans la cuisine, elle semblait suspendue.

Un moment d'hésitation.

Un petit moment bête qu'Anne allait repasser inlassablement dans sa tête pendant des années…

La cuisine l'emporta sur l'insistance de Stéphane.

Elle revint avec le soufflé, superbe, gonflé, odorant, et le posa sur la table. Puis, un peu pâle, elle porta la main à son estomac. La petite tension…

— Je ne me sens pas très bien.

Stéphane, les pieds bien sur terre, trouva immédiatement une explication au malaise.

— Ça ne m'étonne pas, avec ce que tu as bu !

Pierre l'observait sans rien dire et, voyant qu'elle tournait sans arrêt la tête vers l'entrée, il la rassura de nouveau :

— Elle va revenir, voyons ! Puisqu'elle l'a dit.

Exactement comme on dit à une enfant : il va revenir, le père Noël !

Anne n'avait plus faim. On la força à manger, on s'occupa d'elle, on l'entoura, et bientôt elle se demanda si elle n'avait pas rêvé le retour de Claude.

Le pouf avait un air stupide.

La tête lui tournait toujours, et Anne se dit qu'au point où elle en était, un peu de champagne ne lui ferait pas plus de mal…

Elle réussit bientôt à se rendre vraiment malade. A tel point qu'elle s'aperçut à peine du départ de Stéphane.

Pierre voulut la mettre au lit, mais elle résista obstinément. Elle voulait attendre Claude. Il se résigna et se réinstalla dans le canapé tandis qu'Anne allait se démaquiller.

Il restait perplexe. C'est curieux, quand même. Repartir comme ça à peine arrivée. Et lui aussi pensa que la petite n'avait pas changé.

Anne revint de la salle de bains un peu ragaillardie. L'eau avait dû lui faire du bien. Elle se cala dans un fauteuil, les jambes repliées sous elle, et prit une cigarette.

Puis Pierre la regarda, hésita un instant, et dit doucement :

— Tu as remarqué la couleur de sa peau ?

— Hein ? Non, pourquoi ?

— Pour rien…

Elle non plus, elle ne change pas, pensa-t-il. Toujours aussi aveugle, aussi autruche.

Anne continuait à fumer, un peu tournée vers l'entrée. Pierre regarda sa montre, et elle surprit son geste. Sans rien dire, elle se tourna un peu plus vers la porte.

Aucun bruit dans l'escalier…

Les minutes tombaient dans le vide, une à une.

Elle n'a pas l'air de vouloir revenir, pensa Pierre. Qu'est-ce qu'elle est venue faire, alors, si elle ne voulait pas rentrer ? Qu'est-ce qu'elle cherchait ?

Anne ne bougeait pas, et il supposait qu'elle devait se poser les mêmes questions. Elle restait là, le visage tendu, aux aguets.

Ce n'est qu'au bout d'une heure qu'il réussit à l'entraîner dans la chambre. Elle s'était à moitié endormie sur son fauteuil.

Lui qui se sentait pourtant si fatigué de cette soirée trouva difficilement le sommeil.

Pourquoi Claude était-elle revenue pour repartir aussitôt ?

Il chercha longtemps, et ne pensa pas que ce retour pouvait être un geste machinal. De ceux qui vous font revenir sur vos pas pour faire le tour d'une chambre d'hôtel que l'on va quitter définitivement.

Pour s'assurer qu'on ne laisse rien de précieux derrière soi…

Claude mourut le matin suivant, vers midi, le 11 avril, premier jour de beau temps.

19

Le premier soleil de printemps…

Est-ce à cause de lui qu'Anne ne sentit rien de particulier ce jour-là ? Aucune angoisse, aucun pressentiment, rien. Elle était juste d'une humeur massacrante. D'abord à cause d'un réveil difficile – de ces réveils où l'on se jure de ne plus jamais boire une goutte d'alcool –, et ensuite parce qu'à partir d'aujourd'hui Stéphane ne viendrait plus à l'atelier.

A part ça, une journée comme les autres commençait.

Ce n'est que vers trois heures et demie qu'Anne fut prévenue.

Quand elle entendit le mot « hôpital » résonner dans l'interphone, elle ne réalisa pas tout de suite. Mais, en se levant, elle eut une brusque faiblesse dans les jambes et, tandis qu'elle saisissait l'écouteur, son autre main s'accrocha au fil, soutien dérisoire.

– Allô ?

Sa voix lui piqua la gorge.

Elle écouta, la main crispée sur le fil, légèrement penchée en avant, la bouche ouverte.

« … Châtain clair… habillée tout en noir… environ vingt ans… »

Le froid. J'ai de la glace dans la poitrine… Et l'atelier

envolé, explosé autour d'elle, cramponnée à ce téléphone comme au seul point solide au milieu des décombres.

Une phrase la sortit de son hébétude :

— On a trouvé votre nom sur un papier dans sa poche.

— Dans sa poche ? Mais alors… c'est qu'elle ne peut pas parler !

— On vous attend.

La sécheresse du déclic. La brutalité de cette petite phrase…

Elle resta quelques secondes paralysée, puis ses mains, devant elle, bousculèrent des choses, des gens, trouvèrent le sac, le manteau. Avant de se jeter dans l'escalier, elle entendit des questions perdues dans un brouillard.

Chaque marche lui faisait sauter le cœur.

La rue. Le taxi. Toujours cette glace dans la poitrine qui l'étouffait. Le gris des rues, des bâtiments de l'hôpital. Claude n'était pas là-dedans, derrière ces murs, ce n'était pas possible ! Comme elle n'avait pas été à la maison hier soir.

Anne avait tant couru que les muscles de ses jambes tremblaient. Sa voix, aussi, tant elle avait du mal à reprendre sa respiration.

— Je ne sais pas. Adressez-vous aux renseignements.

A chaque pas, il sortait de sa bouche, en même temps que son souffle, un petit gémissement d'effort.

Elle ne vit pas nettement le visage des deux femmes derrière le bureau sur lequel elle s'appuyait, mais elle entendit leurs voix trop sonores.

Attendre…

Comme elle ne bougeait pas, on lui désigna des chaises, tout au fond du hall. Elle le traversa à petits pas, un peu courbée, et se laissa tomber au bord de son siège, le sac sur les genoux.

Très loin, là-bas, elle voyait une des femmes penchée vers l'autre, qui tournait des pages, ou des fiches, parler. Puis l'une d'elles se leva et disparut par une porte vitrée.

Anne avait tout son corps tendu vers elles. Que s'étaient-elles dit ?

C'était simple, net, comme un message qui ne contient pas un mot superflu, pour des personnes initiées. Le métier…

« C'est pour la petite suicidée de ce matin. Elle n'a pas l'air de savoir. Va prévenir. »

Anne ressemblait tout à coup à toutes les femmes qui attendent, inquiètes, le visage hagard, les mains fébriles, inutiles, qui tortillent un coin de manteau, avec dans tout le corps et sur la bouche cette humilité de l'attente : les mères.

Cette démarche qu'elle avait, aussi, pour suivre une blouse blanche le long d'interminables couloirs. Une démarche qui n'avait plus rien de gracieux ni d'élégant, des pieds simplement besogneux qui avançaient chacun à leur tour, précipités, à la rencontre du danger, de la souffrance.

La blouse blanche s'arrêta, et Anne avec elle.

Attendre encore. Pourquoi ?

Tout ce blanc autour d'elle la noyait. Mais elle ne pensa pas à s'appuyer contre le mur. Elle écouta simplement son cœur battre, en regardant les dessins du carrelage. Un gris, un blanc… Toujours du blanc.

Elle ferma presque ses yeux, ferma sa bouche, retint son souffle ; et quand elle entendit des gens s'approcher, elle serra les poings, dans l'attente du choc.

Elle savait déjà, à partir de ce moment. Quelque chose dans les pas qui venaient vers elle le lui disait. Et, comme un taureau au « moment de vérité », elle ne releva pas la tête à l'annonce de la mort de Claude. L'épée s'enfonça droit en elle et la toucha au cœur, mais elle ne tomba pas. Elle chancela simplement, prit une assise plus large sur ses pieds, fléchit légèrement les genoux, et resta ainsi, debout.

Après quelques secondes d'immobilité totale, elle eut la pire réaction qui soit pour l'entourage, en l'occurrence ces médecins et ces infirmières partagés entre la compassion, la gêne, et l'obligation de poursuivre d'autres occupations : elle ne cria pas, ne pleura pas, ne posa pas de questions. Elle ouvrit la bouche, y porta son poing fermé, puis fit tout une suite de gestes incohérents qui évoquaient l'envie de vomir, l'envie de crier, l'étouffement, pendant un temps interminable.

Les autres la regardèrent longtemps, puis se regardèrent. Que faire ? On aurait bien voulu la soutenir – elle ne tombait pas. On aurait préféré la consoler – elle ne pleurait pas. L'un d'entre eux s'éclipsa… C'est embêtant, les gens qui ne réagissent pas comme tout le monde.

Elle s'était barbouillée de rouge à lèvres mêlé de salive avec son poing, et faisait de temps en temps un râle sourd, comme si elle recevait un coup.

On commença à lui parler, lui expliquer. « On » ne pouvait pas rester là, dans ce couloir, sans qu'il se passe quelque chose ! On lui donna des détails. On avait mis du temps à la retrouver. Évidemment, avec un nom pour seule indication… On avait tout fait pour la petite ; et, bien qu'elle ait eu dans le sang de quoi tuer trois personnes, son cœur avait continué à battre pendant un temps incroyable… Aucun papier sur elle. Qui est-elle ?

Anne se redressa brusquement et répondit d'une voix étonnamment froide : « Ma sœur. »

Le son de sa propre voix la réveilla et la sortit du gouffre de boue où elle s'enlisait.

On lui parlait encore très gentiment, avec tant de détours délicats qu'elle ne comprit pas tout de suite ce qu'on lui demandait : reconnaître le corps.

Elle ouvrit à nouveau la bouche comme si elle voulait vomir ce qui lui emplissait la poitrine, mais elle se reprit, et c'est presque la tête haute qu'elle les suivit d'un pas mécanique dans d'autres couloirs.

Des couloirs blancs, une porte blanche, un drap blanc…

Quelqu'un lui prit le bras. Elle eut un sursaut et retira

son bras violemment. Quand elle vit le visage de Claude, elle crut vraiment tomber. Mais elle s'accrocha à un détail, un petit détail sur lequel elle se fixa tout entière, au point de ne plus penser à autre chose. Elle répondit docilement aux questions qu'on lui posait, mais elle restait braquée sur ce détail : pourquoi ses dents sont-elles mates ?

Elle se posait toujours la question longtemps après qu'ils eurent quitté la grande salle froide et blanche. Voulait-elle s'allonger, boire quelque chose ? Téléphoner ? Sa tête faisait « non » toute seule. Il fallait qu'elle revienne demain.

Elle ne pensait plus qu'à fuir cet endroit, se cacher. Ces gens lui avaient fait assez de mal. Il y avait des limites. C'était trop long…

Pourquoi ses dents n'étaient-elles plus brillantes, comme avant ?

Ce n'est que plus tard, dans la rue, qu'elle trouva la réponse : c'est normal, puisqu'elle n'a plus de salive.

D'un seul coup, tout ce qu'elle avait contenu là-bas, dans tout ce blanc, lui remonta à la gorge. Elle se plia en deux, et la main sur la bouche elle courut se dissimuler sous une porte cochère. Là, elle se laissa aller, longtemps, sans souci du bruit qu'elle faisait avec ses sanglots.

Plus tard, les gens se retournèrent sur cette femme élégante, au visage barbouillé, qui marchait sans rien voir, en remuant les lèvres comme si elle parlait. A elle-même ? A Claude ?

Elle appela Pierre dans un café. Puis elle ressortit et se remit à marcher.

« Je te retrouve à la maison immédiatement. »

La maison…

Il commença bientôt à faire nuit. Beaucoup de gens bougeaient, couraient, dans le premier soir bleuté de l'année. L'air était léger, mais Claude ne vivait plus.

Anne s'arrêta sous d'autres portes cochères.

Pierre n'avait jamais aimé Claude. Pourtant, il fut tout entier secoué, ravagé par la nouvelle.

Le froid, lui aussi...

Ce n'était pas seulement d'avoir senti Anne dans un état très grave, non, c'était lui. Il eut la sensation précise que sa vie s'écroulait. C'était là, à cette minute, la confirmation de ses angoisses, de tous ces mois de flottement, de mort lente. C'était clair, glacé. C'était fini.

Lui aussi avait couru. Et Anne qui ne rentrait pas lui laissait le temps de régler ses comptes avec lui-même, assis dans le canapé.

L'éternel visiteur...

Il pensait à Claude, aussi. Mais, même à présent il ne se demandait pas qui elle était vraiment. Elle demeurait un mystère qu'il ne cherchait pas à éclaircir. Il savait simplement que cette petite fille en noir, flottante, insaisissable, lui avait détruit peu à peu son bonheur de vivre, ses forces, et lui révélait maintenant sa faiblesse, sa lâcheté. C'était elle, il en était sûr, et non pas Anne, comme il l'avait cru. Comment cela se pouvait-il ? Cette petite fille en noir ne l'avait même pas touché...

La nuit tomba sans qu'il s'en aperçût. Il resta prostré dans le noir, tassé sur lui-même.

Sa vie passait devant lui.

Soudain, il sursauta et, comme il voulait regarder sa montre, il se rendit compte qu'il ne voyait plus rien. Il alluma la lampe, et l'inquiétude le prit. Où Anne avait-elle sombré ?

Tout seul dans le halo de lumière, affaissé au bord du canapé, les mains pendantes et les cheveux en désordre à force de se passer la main sur le front dans le tumulte de ses pensées, Pierre paraissait cinquante ans.

On peut vieillir d'un seul coup.

Son regard tomba par hasard sur la bouteille de whisky,

et il se servit. La force de l'habitude. Pourtant, il reposa son verre sans avoir bu une gorgée, car il entendit un pas dans l'escalier.

Et, tout à coup, il eut peur. Peur du premier regard d'Anne, peur des moments à venir qui allaient forcément être difficiles.

La lâcheté, toujours…

Il entendit la porte s'ouvrir et se leva. Quand elle entra, son regard passa sur lui sans le voir. C'était pire que tout ce qu'il avait pu prévoir. Elle restait dans l'encadrement de la porte, son sac pendant au bout de sa main, comme un objet inutile que l'on traîne machinalement derrière soi.

– Anne…

Sa voix avait sonné trop grave, pompeuse, et il avait tendu ses bras écartés vers elle d'un geste un peu théâtral. Il s'en rendit compte et les baissa aussitôt, honteux. Mais Anne avait le regard vers « ailleurs ». Il était certain qu'elle ne voyait rien, et, de nouveau, il eut peur.

Elle s'approchait, toute raide. Il lui prit doucement son sac des mains. Elle se laissa faire, et il la dirigea délicatement vers un fauteuil comme une malade, ou une vieille femme. Mais, insensiblement, elle résista, et il la laissa aller à la dérive dans la pièce. Elle échoua sur le pouf de Claude et resta assise là, les mains sur les genoux.

Pierre, désemparé, ne savait que faire et que dire. Elle lui faisait mal. Il n'avait jamais vu quelqu'un dans cet état. Il souffrait pour elle, tout à coup, et c'était moins son visage ravagé que les yeux d'Anne qui le faisaient souffrir. Ces yeux qui ne voyaient rien, perdus, et remplis de quelque chose d'effrayant.

Un regard sur le vide. Il eut le sentiment d'avoir déjà vu cet abîme, cette peur froide dans les yeux de quelqu'un d'autre.

Les yeux de Claude…

Et il eut peur, encore. Mais pour elle.

Il fallait qu'il fasse un geste pour casser ce regard. Il se dirigea vers la table, y prit son verre abandonné, et le lui tendit maladroitement. Il allait ouvrir la bouche pour l'exhorter à boire, mais Anne eut un geste de la main pour refuser d'une rapidité étonnante. Un réflexe si brutal que Pierre, saisi, sentit sa main trembler en reposant le verre sur la table.

Le regard d'Anne n'avait pas bougé.

— Tu ne veux pas t'allonger un peu ?

Elle le regarda cette fois, et de telle manière qu'il n'insista pas, qu'il s'assit lentement, presque effrayé, en baissant la tête.

Puis il sentit le regard d'Anne le quitter, aussi nettement que si elle avait retiré une main appuyée sur son front. Il n'osa pas relever les yeux.

Il pensa à la vie d'autrefois, autour de cette table, quand il faisait joyeux, qu'Anne était légère, luisante de rires, et que toutes les lumières étaient allumées... Puis il trouva le temps long.

C'est alors que l'incident se produisit, l'absurde, le petit miracle dans les moments graves : un réveil se mit à sonner, quelque part dans la maison.

Tout le corps d'Anne fut secoué comme par une décharge électrique, et elle s'abattit, le front sur les genoux, les mains sur la tête. Elle criait presque.

Pierre pensa qu'il devait être neuf heures, puisqu'elle se levait à cette heure le matin...

La crise d'Anne fut très courte, et ses sanglots s'éteignirent peu après que le réveil eut arrêté de sonner. Pierre profita de ce moment pour tenter de l'arracher au vide, au silence, et vite, il se leva et lui posa les mains sur les épaules pour l'empêcher de se refermer sur elle-même.

— Donne...

Elle releva la tête, mais ne bougea pas davantage.

— Ton manteau, dit-il doucement mais fermement.

Elle se laissa déshabiller comme une enfant, molle, en reniflant un peu, et ses bras retombèrent sur ses genoux.

Il s'en fut dans la chambre et resta quelques instants le manteau serré contre lui, épuisé, à respirer, la bouche largement ouverte, avec un frisson qui lui courait sur la peau. Un homme ne pleure pas.

Depuis que Pierre était sorti, Anne semblait moins absente, sur son pouf. Elle regardait autour d'elle. La table, avec toutes les bouteilles, et les verres qui paraissaient attendre, les chaises bêtement plantées sur leurs pattes, un livre ouvert… Puis son regard se fixa sur une paire de chaussures qu'elle avait abandonnée là. Comme ça a l'air stupide, une paire de chaussures solitaire. Plus rien de vivant dedans…

Anne, les yeux grands ouverts, se balançait doucement d'avant en arrière, comme le font les animaux captifs, obsédés d'ennui dans le vide de leur cage.

Pierre, bouleversé, s'était arrêté à la porte. Et une soudaine révolte l'envahit. Tout cela pouvait durer des heures, des jours.

— Il faut que tu manges quelque chose.

Presque tout de suite, Anne se mit à hocher la tête.

Pierre soupira, soulagé.

— Viens !

Mais Anne continuait à hocher la tête sans bouger, et Pierre se dirigeait d'un pas décidé vers la cuisine quand il l'entendit prononcer d'une voix lointaine :

— Oui, partir… partir d'ici.

Il vint la prendre par les épaules et la força à se lever.

— Si tu veux, mais pas tout de suite… Tout de suite, il faut manger.

Il l'entraîna résolument. Il fallait qu'il parvienne à la faire manger. C'était le plus important. S'il arrivait à la faire asseoir près de lui et à lui faire avaler quelque chose, rien n'était perdu. On se retrouve toujours, en mangeant, il en était sûr. Et puis il fallait qu'elle bouge, qu'elle touche des choses…

Il faisait beaucoup de bruit, remuait des casseroles,

ouvrait des placards. Il n'avait jamais remarqué que la lumière de la cuisine était si triste.

Anne était à la fenêtre et regardait le noir.

Il s'arrêta brusquement, une boîte de conserve à la main, pitoyable.

— Anne... Anne !

Elle tourna enfin la tête vers lui.

— Aide-moi.

Le visage de Pierre, ou sa voix qui tremblait, dut toucher Anne, et elle dut comprendre qu'il ne s'agissait pas de cuisine. Elle s'approcha et remua des choses avec lui. Mais il voyait bien qu'elle ne se servait pas des objets, elle les touchait simplement. Qu'importe, c'était déjà ça.

Et Pierre, tout seul, fabriqua un semblant de repas, les dents serrées, avec un air sévère et obstiné.

Les bruits résonnaient d'une manière très agressive, entre ces murs qui auraient dû être repeints en jaune, un jour...

Il mit quelque chose à chauffer, et regarda fixement la sauce qui commençait à faire des bulles.

— Tais-toi, dit Anne brusquement.

Il sursauta et la regarda, éberlué. Il avait dû penser trop fort... Troublé, il chercha une spatule pour remuer la sauce, tandis qu'Anne retournait à la fenêtre, vers la nuit.

Pierre se découragea et, comme ses yeux se brouillaient, il les ferma un instant.

Le noir...

Elle avait raison, c'était reposant, on pouvait s'y laisser flotter, s'y perdre. Mais le noir, c'est la mort. C'est Claude...

La tête lui tourna, et il reprit fébrilement ses bruyantes occupations. En passant près d'Anne pour aller mettre la table, sa main se leva et faillit se poser sur son épaule, mais il passa sans la toucher. Par pudeur. Ou par respect.

Plus tard, il était en train de verser le contenu de la casserole dans un plat, quand elle dit tout à coup :

– J'avais toujours rêvé d'avoir une amie…

Il ne comprit pas ce qu'elle voulait dire, mais il sentit qu'il ne fallait rien demander, et rien répondre.

Il prit son plat, et l'entraîna au passage.

– Viens… Je t'en prie.

Elle le suivit docilement. Mais quand il tira une chaise pour qu'elle s'y assoie, il la vit passer à côté de la table sans s'arrêter, d'un pas traînant, et se diriger vers le pouf de Claude.

Il resta bêtement penché sur la chaise, stupéfait, puis le désespoir l'enveloppa. Il n'y avait rien à faire. Il avait perdu. Elle était là-bas, recroquevillée, lui tournant le dos. Il ne pouvait rien pour elle. Il s'assit stupidement derrière la table, regarda longtemps ce dos fermé et, peu à peu, il lui parut hostile. Et cette table chargée ridicule.

– Tu veux que je reste ?

Anne ne se tourna pas vers lui, mais, tout de suite, nettement, elle fit « non » de la tête.

Cette phrase-là, elle l'avait entendue…

Ce ne fut pas si douloureux qu'il l'aurait cru, l'air lui manqua simplement pendant quelques secondes. Ce n'est pas grand-chose…

Il se leva immédiatement, et sa main ne trembla pas en prenant son manteau. Tiens ? Je suis calme, pensa-t-il, et, calmement, il se dirigea vers la porte.

Pourtant, avant de sortir, il l'appela encore une fois.

– Anne ?

Il tressaillit en recevant son regard, et se raidit pour ne pas se laisser submerger par une vague de tendresse inutile.

– Je passe demain…

Il réussit une chose rare : une intonation qui n'était ni une interrogation ni une affirmation, mais les deux à la fois.

Rien ne bougea sur le visage d'Anne.

Alors il s'en alla, en fermant la porte très doucement derrière lui, comme s'il ne voulait pas la réveiller.

Anne était déjà repartie vers ailleurs.
Elle l'avait quitté avant même qu'il ne soit sorti.

A mesure que Pierre s'éloignait, la solitude enveloppait Anne comme un manteau. Ou plutôt comme une neige qui lui tombait sur les épaules, très douce, et des flocons de solitude recouvrirent les choses et purifièrent l'air. Le silence en fut transformé.

Ce n'était pas froid.

Elle laissa tomber cette avalanche muette et, quand tout fut reposé, immobile, elle respira doucement, pour ne rien remuer, ne rien secouer, ouvrit peu à peu ses yeux, ses oreilles, ses mains et releva la tête.

Elle ne pleurerait pas. Du moins pour le moment.

Bien sûr, elle aurait d'autres crises, d'énormes vagues de souffrance monteraient encore de son ventre à ses lèvres pour l'étouffer. Il faudrait bien qu'elle les crache… Mais, tout de suite, il ne s'agissait plus de révolte. Il fallait accepter.

Elle accepta précautionneusement, par paliers, comme si elle descendait un chemin plongeant à pic dans l'inconnu, un chemin plein de pierres roulantes, de terre qui cède sous les pas. Ne pas glisser surtout, sinon il y aurait la panique, le cœur qui saute à la tête, et les cris. Il ne fallait pas qu'elle se laisse surprendre par la douleur, il fallait aller avec elle, bouger avec elle. Mais, si l'on arrive à maîtriser son corps, comment fait-on pour discipliner ses pensées ? Comment peut-on les empêcher de courir dans tous les sens comme des folles, d'aller pêcher en un éclair ce qui va faire tout craquer ?

Elle avait toujours si bien su se protéger…

Elle tourna doucement la tête, décrispa ses épaules, et commença à regarder autour d'elle cette maison où elle avait été reine.

C'est drôle comme une maison peut mourir. Plus rien,

ici, n'était vivant. Les choses étaient bêtes. Avait-elle pu rire, ici ?

Elle se leva et parcourut la pièce lentement, comme une aveugle. La table, avec tous ces objets dessus, deux assiettes… Tiens, Pierre était là, tout à l'heure. Ou hier. Ou l'année dernière, peut-être. Les rideaux… C'était là que tout avait commencé pour elle, le jour où elle avait attendu Claude pour la première fois.

Attendre…

Une bouffée de souffrance lui creusa le ventre, tira le fond de ses yeux, et elle s'accrocha d'une main au rideau.

Elle avait si bien fui, maquillant les questions comme le reste. Il avait fallu ce coup de tonnerre, avec toutes ces choses battantes dans sa tête pour que… Non ! Pas encore ! Je ne veux plus me cacher, mais laissez-moi le temps de voir, de voir vers où, pourquoi, de voir juste !

Le vide…

Elle restait là, debout au milieu de la pièce, et ne savait plus où aller. Elle tournait en rond dans sa tête comme elle tournait en rond dans cet appartement mort. Où reprendre pied dans cette souffrance qui la ballottait à sa guise ? Elle pouvait battre des mains, des pieds et du cœur, tout se dérobait. Plus de points de repère…

Mon vieux sens de l'organisation se révolte, pensa-t-elle, et cette trace d'humour ancien la calma un peu.

Elle ne pensa pas à sortir, il n'y avait nulle part où aller.

Elle ne pensa pas une seconde à mourir non plus. Elle vivrait. Les autres trouveront peut-être qu'elle est toujours la même, pour elle tout sera différent, comme si elle avait changé de pays. Et sans doute leur envierait-elle cette chose aveugle et légère : la gaieté. On plonge parfois dans des eaux dont on ne pourra jamais se laver. Il vous en reste pour toujours une petite flaque au fond des yeux. Mais elle vivrait quand même.

Puis elle fut docile à la douleur, et la laissa l'envahir à sa guise, la secouer ou l'abattre, l'emmener se cogner contre les murs. Et elle se retrouva beaucoup plus tard la tête dans le lavabo, avec l'eau froide qui coulait sur son front.

Quand elle se releva, elle eut un choc. Elle se vit dans la glace et en resta saisie, l'œil un peu en coin, la bouche ouverte. Ce visage-là, elle ne l'avait jamais vu…

Elle s'appuya des deux mains sur le lavabo et se regarda fixement.

L'œil… Oui, c'est ça, l'œil n'est pas le même… Elle l'avait toujours cru en amande, il était rond. La forme du visage aussi n'était pas la même… Il n'y avait plus, là, ces deux creux dans les joues qu'elle accentuait « pour le caractère ». Et la bouche… Mais c'était l'œil surtout.

Elle restait accrochée à son regard et y découvrait des puits, des portes ouvertes. Elle y retrouvait Claude…

« L'important, dans la vie, c'est de pouvoir se regarder en face dans sa glace. » Quel est l'imbécile qui a dit ça ? On peut très bien se regarder, le matin, le soir, et long-temps, et ne rien voir du tout. Combien d'heures Anne avait-elle passées face au miroir, claire, aveugle, sans dégoût ? Peut-être un jour en ferait-elle le compte. Rien que pour essayer d'en rire.

Elle regardait ces petits pots de toutes les couleurs, ces flacons, ces pinceaux dont elle s'était servie jour après jour pour façonner ses masques, pour peindre avec eux un tableau idéal qu'elle promenait devant elle toute la journée. Sa peau était une toile blanche, et ses yeux deux trous dans ce tableau.

Cela tourbillonna de nouveau dans sa tête, et ses mains se crispèrent au bord du lavabo. Un brouillard lui monta aux yeux.

Les masques… Le miroir… Cette impression qu'elle avait depuis quelque temps qu'une autre vivait à sa place…

Claude…

Elle était comme une maison abandonnée à l'orage. Et l'orage était dedans. Une tempête énorme était venue, arrachant portes et fenêtres, emplissant et vidant à la fois, la laissant là, suffoquée, avec juste ses murs, ouverte. Ouverte de toutes ses façades… Et elle eut soudain une sensation précise, saine : tout ce vide, toute cette douleur que Claude lui laissait en héritage, elle la sentit d'une substance malléable. Pas pour longtemps. Il pouvait en sortir une femme… Une femme qui ne triche pas, qui regarde, qui touche, qui vit. Mais il fallait faire vite, vite ! Avant que tout cela durcisse, lui donner une forme, une ébauche. Fermer quelques portes, celles qu'il faut, ne pas se tromper. Laisser les questions venir, mais pas de partout à la fois. Surtout, éviter l'affolement.

Si je m'affole, je vais tout fermer. Ça fait trop mal !

J'ai mal…

Puis il lui vint une pensée claire, précise, qui se posa doucement au milieu d'elle et resta là.

Je n'ai jamais aimé…

Elle l'accepta.

C'était son premier pas.

Plus tard, elle eut très peur de toute cette nuit à traverser. Pourtant, elle n'eut aucun mal à trouver le sommeil.

Elle était épuisée comme une accouchée.

COMPOSITION : PAO EDITIONS DU SEUIL

GROUPE CPI

Achevé d'imprimer en février 2004 par
BUSSIÈRE CAMEDAN IMPRIMERIES
à Saint-Amand-Montrond (Cher)
N° d'édition : 29156-3. - N° d'impression : 040176/1.
Dépôt légal : novembre 1997.
Imprimé en France

Collection Points